DOCTOR · WHO

# O prisioneiro dos Daleks

TREVOR BAXENDALE

DOCTOR · WHO

# O prisioneiro dos Daleks

*Tradução*
Camila Fernandes

*1ª reimpressão*

SUMA de letras

*Grafia atualizada segundo o Acordo Ortográfico da Língua Portuguesa de 1990, que entrou em vigor no Brasil em 2009.*

Doctor Who é uma produção da BBC Wales para BBC One.
Produtores executivos: Steven Moffat e Brian Minchin.

Publicado originalmente por BBC Books, um selo da Ebury Publishing, parte do Grupo Random House.

*Título original*
Prisioner of the Daleks

*Capa*
Adaptação de Julio Moreira sobre design de leebinding@tealady.co.uk

*Imagens de capa*
Fotos © BBC
Doctor Who e TARDIS são marcas registradas da BBC
Dalek © BBC/ Terry Nation 1963

*Copidesque*
Sabrina Primo

*Revisão*
Rachel Rimas
Janaína Senna
Sheila Louzada

CIP-Brasil. Catalogação na fonte
Sindicato Nacional dos Editores de Livros, RJ

B344d
Baxendale, Trevor
Doctor Who: o prisioneiro dos Daleks / Trevor Baxendale; tradução Camila Fernandes. – 1. ed. – Rio de Janeiro: Objetiva, 2015.
208p.

Tradução de: *Prisioner of the Daleks*
ISBN 978-85-8105-284-7

1. Ficção inglesa. I. Fernandes, Camila. II. Título.

15-20641 CDD: 823
CDU: 821.111-3

[2015]

EDITORA OBJETIVA LTDA.
Rua Cosme Velho, 103
22241-090 — Rio de Janeiro — RJ
Telefone: (21) 2199-7824
Fax: (21) 2199-7825
www.objetiva.com.br

*Para Martine, Luke e Konnie — para sempre*

Era um mundo esquecido.

Bem no limite do espaço explorado, o planeta parecia pouco mais que uma pequena mancha de sujeira flutuando entre as estrelas. Da superfície desse mundo via-se o sol mais próximo apenas como um brilho azul e distante no horizonte. O planeta existia em um crepúsculo eterno.

Já havia sido habitado por homens determinados a ampliar os limites sombrios do universo conhecido. Fora um ponto de parada útil entre os velhos mundos e as longínquas estrelas não mapeadas.

Ruínas deixadas por homens com pressa de abandonar o lugar amontoavam-se na superfície poeirenta: edifícios pré-fabricados vazios, maquinário corroído, componentes plásticos fragilizados pela negligência. Sem propósito, computadores jaziam desligados, entregues a um sono sombrio.

No entanto, até um lugar remoto e esquecido pode se tornar importante, nem que seja para seus visitantes.

Não havia vento que agitasse o pó que ali se assentara ao longo das eras, mas, em um ponto isolado no meio da estrutura central abandonada, uma brisa surgiu vinda de lugar nenhum. Plantinhas raquíticas que cresciam com dificuldade nas fendas entre as pedras do calçamento tremeram e se retraíram. Um ruído súbito e selvagem reverberou nas paredes das construções ao redor, crescendo e transformando-se em um murmúrio áspero quando uma grande caixa azul surgiu do nada.

As portas da TARDIS se escancararam, e dela saltou o Doutor, extremamente irritado.

— Está bem! Chega! — gritou. — Já estou cheio disso. O que deu em você?

A TARDIS não respondeu.

Ele enfiou as mãos nos bolsos e espichou o lábio inferior, fazendo bico.

— Você anda esquisita desde que deixamos a Terra. Qual é o problema? Entrou areia nos estabilizadores dimensionais? Uma engrenagem quebrada no filtro de tempo relativo?

Ainda sem resposta.

O Doutor suspirou.

— Você está me custando uma fortuna em reparos, sabia? Como é que eu posso pilotar uma TARDIS clássica que fica pulando linhas temporais toda vez que aterrissa?

Aos poucos, o Doutor pareceu tomar conhecimento do ambiente, como se o silêncio tivesse, educada e impossivelmente, limpado a garganta, chamando-lhe a atenção.

Ele virou-se. Seus tênis de lona já estavam cobertos de pó. Ele deixou o olhar vagar pelos edifícios vazios e pelas máquinas arruinadas. Em seguida, fungou.

— Então, onde estamos? — perguntou a si próprio em voz alta. — Adianta mesmo alguma coisa eu falar sozinho?

Olhou feio para a TARDIS, depois fechou e trancou a porta.

— Você nem me leva mais a lugares interessantes — resmungou. Então, relaxou um pouco e sorriu, dando um tapinha carinhoso na cabine de polícia. — Quem estou tentando enganar? Sempre há *alguma coisa* interessante...

Vagou por uma rua entre duas estruturas pré-fabricadas e chamou algumas vezes:

— Olá! Tem alguém em casa?

Não houve resposta.

— Olá! — tentou novamente. A voz voltou em um eco zombeteiro. Acima dele, além de uma névoa cinza e fina, não havia nada senão o espaço sideral e uma estrela de nêutrons ao longe. — Brrr — fez ele, lamentando não ter apanhado o casaco antes de sair da TARDIS. Continuou andando até encontrar um pódio de aço, esburacado pela corrosão, e, ali em cima, uma tela de computador velha e arranhada. Apertou alguns botões no teclado, mas nada aconteceu. Experimentou dar uma pancada com a palma da mão, mas ainda assim não houve reação.

Em poucos segundos, a chave de fenda sônica invadiu o sistema adormecido do terminal de computador. Um minuto depois, a tela, ativada, banhou o rosto do Doutor com uma luz fria. Surgiu nela um gráfico difuso e trêmulo:

BEM-VINDO À ESTAÇÃO LODESTAR 479

— Ora, muito obrigado — respondeu o Doutor. — É um prazer estar aqui. Para não dizer o contrário.

Pôs os óculos e começou a percorrer os dados na tela.

— Ah, isso sim é interessante — disse ele, sorrindo e assentindo com a cabeça. — Não me admira este lugar estar deserto. Ninguém passa por aqui faz, hã, um *tempão*. Ninguém precisa mais de um posto de abastecimento nesta parte do espaço, não é? E você ficou aqui, coitadinha, a interface do computador, totalmente esquecida e sozinha.

Ele usou a chave de fenda sônica para sondar ainda mais profundamente os bancos de dados da máquina.

— Caramba, o que aconteceu por aqui? Alguém andou bagunçando suas sub-rotinas independentes, hein?

Franzindo o cenho, o Doutor olhou ao redor, à procura da porta mais próxima.

— É melhor eu verificar se o disco rígido não está corrompido — murmurou. — Não seria bom se um lugar como este parasse de funcionar. O Departamento de Saúde e Segurança da Proclamação das Sombras partiria para cima de você feito um rinoceronte.

A chave de fenda fez a porta se abrir rapidamente, e o Doutor entrou. O interior frio cheirava a metal e óleo. Ele se lembrou de velhas refinarias esquecidas na Terra, lugares de uma praticidade brutal, cheios de arestas pontiagudas e ângulos implacáveis. Encontrou uma escada e desceu velozmente os degraus, o metal rangendo sob as solas de borracha de seus tênis.

Tirou uma lanterna do bolso e a acendeu. O feixe de luz encontrou paredes cravejadas de rebites e cabos elétricos em desuso. Estava mais frio ali embaixo, e densas teias de aranha pendiam nas sombras. O Doutor afastou algumas do caminho, surpreendendo a grande quantidade de formas de vida aracnídeas, que imediatamente fugiram, buscando esconderijo, as pernas finas percorrendo o teto. Evitou as teias maiores; já havia provocado aranhas o suficiente para saber quando se afastar.

Mais abaixo, chegou a um corredor com piso de concreto coberto de escombros e sujeira. O feixe da lanterna vagou pela área até encontrar uma placa que dizia:

NÚCLEO DE DADOS COMPUTACIONAIS — SOMENTE PESSOAL AUTORIZADO

A porta de acesso estava trancada, mas o Doutor não levou muito tempo para abri-la. A chave de fenda sônica era toda a autorização de que ele precisava.

— Que estranho — observou o Doutor em voz alta. As palavras não ecoaram no espaço fechado. Não parecia haver nenhum terminal de computador ali e certamente nenhum sinal de núcleo de dados.

Algo jogado no chão lhe chamou a atenção. Era branco e esguio, semiescondido no que parecia uma pilha de roupa suja. A luz da lanterna brilhou, e, nesse instante, o Doutor reconheceu o formato de um corpo humano encolhido e virado para a parede oposta. Era um esqueleto completo, ainda sustentado pelos últimos restos de pele seca. Vestia as sobras de um macacão, o tecido deteriorado enfiado em botas de plástico gastas.

O Doutor se ajoelhou e inspecionou o corpo, mas não havia como identificá-lo.

— O que você veio fazer aqui, hein? — perguntou em tom sombrio. — O mesmo que eu, provavelmente. Meter o nariz onde não foi chamado...

A porta fechou-se atrás dele com um clangor alto.

O Doutor levantou-se em um pulo e tentou abri-la, mas estava trancada. Empregou novamente a chave de fenda sônica, mas sem sucesso.

— Totalmente lacrada *e* enferrujada — resmungou, pesaroso. — Não é mesmo meu dia de sorte, não é?

Afastou-se da porta e verificou o restante da cela (pois era no que o lugar subitamente havia se transformado) à procura de outra saída. É claro que não havia nenhuma. Estava preso ali, sozinho, acompanhado apenas pelo cadáver macilento no chão. Não havia saída e ninguém sabia que ele estava ali, ninguém se importava.

— Essa foi boa, Doutor — parabenizou-se. — Agora só lhe resta sentar e esperar. Alguém deve ter programado a porta para fechar assim. Quem fez isso vai vir inspecionar a armadilha em algum momento para ver se pegou alguma coisa. Olhou com pesar para o esqueleto. — Algum dia...

# Capítulo 1

— Deixe de ser chorão — disse Stella.

Scrum tentou livrar o braço, mas ela o segurava com firmeza.

— Ai! Não sou chorão! Ai! Ai! Ai!

Stella encostou de leve o lenço antisséptico na ferida e sorriu alegremente para ele.

— Prontinho... acabou.

Scrum retirou a mão bem devagar, quase incrédulo. O corte no antebraço parecia inflamado, porém limpo.

— Não há mais nada que você possa fazer?

— Amputar? — zombou Stella.

— Estou falando *sério*. Está doendo, sabe...

Ela revirou os olhos.

— Que tal uma criocarga?

— O que isso faz?

— Reduz sua temperatura corporal ao zero absoluto em cerca de meio segundo. Literalmente o congela. Então, levamos você para um planeta onde haja instalações hospitalares de verdade, eles o descongelam e tratam do ferimento. — Stella sorriu. — Não faça essa cara de preocupado, Scrum. Estou brincando. Eu não desperdiçaria uma criocarga em um pateta feito você. É só para emergências.

— Ok. Você venceu.

— Tome. — Stella jogou uma bandagem embalada em plástico, que quicou na cabeça dele. — As últimas ataduras. São todas suas, bebezão.

— Pare de tirar sarro — reclamou Scrum. — Não tenho treinamento em combate. Nem gosto de lutar. Sou técnico em informática, não soldado.

Estavam sentados no minúsculo compartimento médico da nave; era pequeno demais para ser chamado de enfermaria. Era grande o bastante apenas para conter um beliche estreito, alguns computadores, provisões e uma cadeira giratória para Stella. Ela girou e pegou uma garrafa de água.

— Sorte sua não ter perdido o braço — disse, tomando um gole. — Mais alguns centímetros e você teria que programar seus computadores com apenas uma das mãos.

Scrum olhou desanimado para o braço. Depois, abriu a embalagem de curativo com os dentes. Ele parecia ainda menor que o normal. Era baixinho, um pouco acima do peso, com olhos tristonhos e cabelos escorridos, prematuramente grisalhos, que estavam presos em um rabo de cavalo espesso. A ponta estava tingida de verde, vestígio do esforço que havia feito, muito tempo antes, para se tornar mais "interessante" para as mulheres.

Stella baixou a garrafa.

— O que foi? Vai, pode me contar.

— Quase matei a gente — sussurrou ele, olhando para ela. — Nem foi uma missão de verdade. Foi só uma porcaria de armadilha para bandidos, e eu quase matei todos nós.

— Deixe isso pra lá. Você está vivo, nós estamos vivos e é isso que importa. Como eu disse, você teve sorte. Sempre temos sorte.

Ele suspirou.

— Um dia nossa sorte vai acabar.

— Podemos criar nossa própria sorte. Venha, vamos pegar alguma coisa para comer.

Stella foi na frente pelo corredor estreito que levava à cozinha. Scrum a seguiu, pressionando a bandagem no braço.

— Bowman não acredita em sorte. Ele não vai concordar.

— Deixe Bowman comigo — aconselhou Stella.

Um homem alto e musculoso em farda de combate fazia flexões na cozinha, pendurado em um cano que percorria o teto e se curvava e rangia sob o peso dele. O homem abriu um sorriso largo ao ver Stella e Scrum.

— Opa! Quais são as novidades, pessoal? Como vai o quase morto-vivo?

— Vou sobreviver — respondeu Scrum, forçando-se a sorrir. — Aparentemente.

Stella afundou em uma cadeira e prendeu com um elástico os cabelos negros em um coque desalinhado.

— Os estoques estão muito baixos, Vanguarda. Acabei tendo que usar uns lenços antissépticos velhos porque não restou nenhum bactorraio. Vamos ter que parar o quanto antes para arranjar provisões.

Vanguarda se abaixou lentamente até o chão.

— Cara, isso não vai ser fácil. Estamos no espaço sideral.

— Vou ter que falar com o capitão.

Ele enxugou o pescoço com uma toalha e abriu um sorriso largo.

— Opa, antes você que eu, gata.

Stella parou na entrada da cabine de Bowman. Não era comum membros da tripulação procurarem o capitão. Ela respirou fundo e abriu a porta.

— Lamento atrapalhar, chefe...

Jon Bowman dispensou as desculpas com um único movimento do dedo. Era um homem grande em todos os sentidos: alto, ombros largos, corpo tonificado e fortalecido por décadas de combate. O rosto parecia ter sido talhado em uma única peça de granito, os olhos profundos ardiam sob a testa saliente, o nariz se projetava levemente quebrado acima dos lábios finos e retos. Os cabelos escuros eram alvoroçados, já raiados de cinza, estavam presos para trás por uma velha bandana vermelho-sangue.

— Nave danificada — disse ele, sem enrolar. A voz era um rosnado grave, masculino. Ele nunca precisava aumentá-la para ser ouvido e nunca usava palavras em vão. — Piratas abriram um buraco em um dos tanques de combustível traseiros. Vamos ter que parar para fazer reparos.

Stella soltou um suspiro silencioso de alívio. O que havia dito a Scrum sobre ter sorte?

— Onde está pensando em parar? — perguntou ela.

Bowman inclinou-se para a frente na cadeira. Ele tinha uma pequena mesa entulhada de equipamentos velhos, armas, monitores e mapas. Havia a holofoto de um homem e uma mulher jovens, sorrindo para a câmera, abraçando um adolescente magro e desengonçado, de cabelos escuros e nariz quebrado. Ele sorria também. Stella gostava de pensar que aquele era o jovem Jon Bowman, uma vida inteira antes, com os pais. Mas algum dia ele já havia sorrido? Ela nunca ousara perguntar.

Bowman tocou uma das telas cartográficas na mesa. Moveu a holofoto para o lado, abrindo espaço.

— Estamos no setor Kappa Galanga. Não há nada aqui, exceto piratas e a própria fronteira do espaço terrestre. Estamos a 20 anos-luz do próximo sistema estelar habitável, a 40 do que você poderia chamar de civilização. Não temos combustível suficiente para chegar a nenhum dos dois.

Stella franziu o cenho, observando atentamente os mapas.

— E...?

O dedo grosso do capitão indicou um único ponto de luz no mapa.

— Só há uma opção. Este lugar. Pequeno, esquecido, nem sequer é listado nos mapas recentes, mas está ao nosso alcance. Era um posto de parada fronteiriço, então provavelmente tem os materiais de que precisamos.

— Fica bem na fronteira — comentou Stella com receio.

Bowman ergueu o olhar para ela. Os olhos cinzentos dele eram frios como aço.

— Eu não disse que não seria arriscado.

— Mas disse que é nossa única opção.

— Exatamente.

Ela olhou com mais atenção, lendo o nome vinculado ao minúsculo planeta.

— Hurala. Parece lindo.

— Mas não vai ser.

A *Peregrina* era uma nave-patrulha modificada e tirada do ferro-velho havia vinte anos, antes de Bowman adquiri-la. Tinha sido reformada mais vezes do que qualquer membro da tripulação poderia imaginar, e certamente mais vezes do que o livro de registros revelava. O interior tinha evoluído de acordo com as necessidades de seus inúmeros tripulantes ao longo dos anos, mas continuava apertado e claustrofóbico. À medida que a nave seguia para a aterrissagem no planeta Hurala, Stella ficava mais e mais desesperada para sair e tomar ar fresco. Estava começando a se sentir presa. Inclinou-se atrás do banco do piloto, espiando por cima do ombro de Vanguarda a superfície rochosa e marrom do planeta, cada vez mais próximo.

— Base de lançamento espacial — disse Scrum, tocando um dos monitores no painel de voo. — Vinte *kliks* a noroeste.

Vanguarda baixou a nave até uma das pequenas pistas de aterrissagem situadas no perímetro. Os edifícios eram pouco mais que carcaças enferrujadas, e não havia outras naves à vista.

— Na verdade, é um antigo posto de abastecimento — explicou Scrum. — Nesse tipo de lugar, tudo era automático mesmo. Se ainda tiver combustível nos tanques, podemos reabastecer e ir embora.

— Tudo bem — respondeu Bowman. A voz retumbou baixa do fundo da cabine de comando. — Vamos logo com isso. Não preciso lembrar a vocês que estamos bem na fronteira do espaço humano. Aqui não há nada nem ninguém, mas não quero demorar e correr o risco de atrair atenção desnecessária. Uma hora de parada e partimos.

Eles saíram da nave em fila, bocejando e se espreguiçando.

Scrum segurava um escâner portátil.

— Vamos ver se esta coisa encontra o terminal de combustível astrônico mais próximo.

— Nossa — principiou Vanguarda —, como é bom só *andar* um pouco. — Ele caminhou decididamente até a borda da pista de aterrissagem. — Acha que a gente encontra alguma coisa por aqui para comer?

— Só se tiverem deixado comida para trás quando abandonaram o lugar — respondeu Scrum. — E se tiver sido em um campo estático. Provavelmente desligaram tudo. É por isso que o lugar fede tanto.

— Que doideira. Vou dar uma olhada por aí. Você vem, camarada?

Scrum assentiu, ainda olhando para a tela do escâner, e saiu atrás do amigo.

Stella os observava com um sorriso. Formavam uma dupla incomum, de opostos completos, mas eram melhores amigos. Ela imaginou como seria ter um bom amigo, alguém em quem se apoiar, com quem compartilhar segredos e até construir uma vida. Os tripulantes da *Peregrina* eram amigos de Stella, mas também colegas de trabalho. Algo em seu íntimo ansiava por mais, por uma vida melhor. Ela só não sabia como encontrar isso.

— Ficar pensando não ajuda — resmungou Bowman.

— É este lugar — disse ela. — Tão silencioso e esquecido... Tem cheiro de morte.

— O que deixou você com todo esse bom humor?

Ela suspirou.

— Talvez eu precise de uma folga.

— Tem certeza de que é disso que precisa? Sei que você não vai ficar aqui para sempre. Se quiser ir embora, vá.

— Ora, capitão. Parece que você tem um coração, no final das contas.

— Quem, eu? Sem chance.

Pelo canto do olho, Bowman viu alguém se mover atrás dele, cruzando o piso de concreto junto da *Peregrina*, sutil como uma pantera. Koral era alta, castanho-alourada como uma leoa, com olhos penetrantes, ardentes. Usava trajes de camurça e botas de couro. Era uma humanoide, mas às vezes parecia mais um animal: poderosa, predatória, ligeiramente desinteressada. Stella ainda não entendia bem que tipo de relacionamento havia entre Koral e Bowman, mas ela parecia agir como uma espécie de guarda-costas dele.

Koral sussurrou algo para o capitão. Quando a humanoide falou, Stella viu suas presas brancas e afiadas.

— Tudo bem — respondeu Bowman suavemente. Ele sempre falava assim com ela. — Vamos ficar pouco tempo.

Koral assentiu e se afastou, demonstrando uma indiferença felina tanto em relação a Stella quanto ao ambiente.

— O que há com ela? — perguntou Stella.

— Quer saber por que todo mundo está nervoso — respondeu Bowman. — Disse que farejou o suor.

— É a vida que levamos, acho.

— Isso e o fato de este lugar ser tão… errado.

— Errado?

O capitão assentiu.

— Está vazio. Abandonado. Um cadáver de mundo. Como você disse, tem cheiro de morte.

Stella estremeceu. Em seguida, ambos ouviram um grito; a voz de Vanguarda chamava-os de longe.

— Ei! Gente, aqui. Vocês têm que ver isto!

Encontraram o colega em uma pequena interseção entre os velhos prédios pré-fabricados. Scrum estava de um lado, ocupado com as leituras do escâner, movendo o aparelho de um lado para outro em busca de um sinal melhor. Koral caminhava pela área, olhando em todas as direções, em busca de sinais de perigo.

Vanguarda estava empolgado.

— E aí? O que acham?

Ele apontou de forma teatral para uma caixa azul enorme com painéis laterais e pequenas janelas de vidro fosco no alto da porta dupla. Uma placa no topo dizia:

CABINE TELEFÔNICA POLICIAL PÚBLICA

— O que é isso? — perguntou Stella, indiferente. A coisa era estranha, mas não espetacular.

— Meu palpite é de que é uma cabine telefônica policial pública — respondeu Scrum secamente.

— Policial? — repetiu Vanguarda. — Quê que é "policial"?

— Da polícia. Palavra antiquada para força de cumprimento da lei — disse Bowman.

— E o que isso está fazendo aqui? — ponderou Vanguarda. — Neste local não tem lei alguma, isso é certo.

— Talvez tenha sido colocada aqui há muitos anos — sugeriu Stella.

— E deixaram as luzes acesas? — Vanguarda pousou a palma da mão na lateral do objeto. — Ei... está zumbindo.

Stella havia contornado a cabine. Tentou abrir a porta, mas estava trancada.

— Bom, é esquisito — comentou Bowman —, mas não foi para isso que viemos. Scrum, já achou algo que a gente possa usar? Deve restar combustível em algum tanque.

— Ah, resta sim — confirmou Scrum. — Mas estou captando outras leituras também. O escâner mostra que o sistema automático de computadores ainda está funcionando. Reabastecer não será problema, mas os computadores estão emitindo um sinal em um código estranho que eu não consigo identificar.

— E isso importa?

— Não muito. A não ser pelo seguinte: estou captando outro sinal igualmente incomum vindo do subsolo. Na verdade, quase diretamente embaixo de nós...

Bowman franziu o cenho.

— Que tipo de sinal?

— Algum tipo de reverberação. Uma batida ou pancada, só que não é mecânica. É claro que não conseguimos ouvir, mas, se eu isolar as vibrações e aumentar o sinal de áudio...

Scrum dedilhou os controles do escâner, e de repente o ar se encheu de ruído branco e uma estranha batida rítmica de metal contra metal. Assim se repetia:

Tap. Tap. Tap. Tap-tap-tap. Tap. Tap. Tap.

— Inacreditável — sussurrou ele depois de todos ouvirem o som várias vezes. — Não pode ser...

— Não pode ser o quê? — perguntou Bowman.

Scrum estava boquiaberto.

— É que parece impossível...

— Desembucha, cara — pediu Vanguarda.

O técnico umedeceu os lábios.

— Milhares de anos atrás, lá na Terra, muito antes das primeiras viagens espaciais, um homem chamado Morse inventou um código transmitido por sons curtos e longos, ou seja, pontos e traços, para representar cada letra do alfabeto. Três pontos e três traços, seguidos de outros três pontos, formam S.O.S.

— É um pedido de socorro — constatou Stella.

Eles rastrearam o sinal rapidamente. Koral ficou do lado de fora, vigiando a entrada, enquanto os outros desciam vários níveis abaixo da base de lançamento espacial por uma série de escadarias de metal chacoalhantes.

— Este complexo se estende por muitos quilômetros subterrâneos — explicou Scrum enquanto prosseguiam. — Os silos de combustível devem ser *enormes*.

— Naquela época eram necessários — concluiu Bowman.

Por fim, chegaram a um pequeno corredor repleto de portas e vários terminais de computador. Scrum rastreou o sinal de S.O.S. até uma porta de aparência pesada, com uma placa de aviso.

— Shh — fez o capitão. — Escutem.

Naquele momento, todos podiam ouvir as batidas, fracas mas distintas, na porta de metal.

— Há quanto tempo será que estão presos aqui? — refletiu Stella.

— Calma aí — pediu Vanguarda. Havia recuado um pouco, gerando espaço para sacar a arma. Todos estavam armados, mas apenas ele tinha um fuzil de assalto.

— Isso é mesmo necessário? — perguntou Stella.

— A gente não sabe de nada, caramba. Nem o que tem atrás dessa porta! Só que isso aqui é território pirata.

— Acha que tem um pirata aí dentro?

— Ou coisa pior. Talvez um mutante. Ou uma vítima da peste. Pode ser que a tal da "polícia" tenha prendido uma coisa aí dentro por um bom motivo.

— E a coisa conhece código Morse? — indagou Stella.

As batidas continuavam, indiferentes à discussão.

— Pode ser um truque. — Vanguarda ergueu a arma e a apontou para a porta. — Estou dizendo que a gente precisa tomar cuidado, só isso.

Bowman sacou a própria blaster.

— Só há um jeito de descobrir. Abra essa porta, Scrum.

O técnico começou a operar o pequeno painel de controle próximo à porta.

— Aqui está aquele outro sinal estranho de novo — disse ele, franzindo o cenho. — Como se o computador estivesse trabalhando em um sistema diferente do projeto original. A porta foi completamente lacrada, mas provavelmente consigo anular o... Aha!

O painel de controle emitiu um bipe, e, em algum lugar dentro da própria porta, pesadas trancas de metal se destravaram devagar.

Enquanto ela se abria, todos recuaram para sair da linha de fogo.

Lá dentro, sentado nos fundos de uma pequena cela, estava um homem de terno marrom listrado, segurando uma colher de chá.

Ele olhou para as pessoas reunidas na porta e, apesar das armas apontadas diretamente para ele, abriu um sorriso enorme que lhe iluminou o rosto.

— Olá! — disse em tom alegre.

# Capítulo 2

— Quem é você? — A voz de Bowman soou como um trovão distante precedendo a tempestade, mas o homem na cela pareceu não se incomodar.

— Sou o Doutor! — anunciou ele, levantando-se. Era notavelmente alto e magro, com cabelos escuros espetados e olhos intensos.

Ouviu-se um estalo alto quando o capitão engatilhou a pistola. O cano mirava um ponto bem entre os olhos do Doutor.

— O que você está fazendo aqui?

O Doutor olhou rapidamente em volta para a cela vazia, quase como se fosse uma criança flagrada furtando a despensa.

— Nada! — respondeu. — Bom, eu disse *nada*, mas fiquei sentado, com o traseiro no chão, batucando um sinal de S.O.S. e esperando alguém aparecer. Fora isso, nada.

— Você está aqui há quanto tempo? — perguntou Stella.

— Nossa, há séculos. Sem dúvida há séculos. Na verdade foram cinco dias, 14 horas e 27 minutos, mas quem está contando?

Stella olhou para a cela, extremamente confusa.

— *Cinco dias...?*

— Sim, e estou morrendo de fome. Vocês não têm algo aí para comer, têm? Uma xícara de chá também cairia muito bem. — Ele sorriu e piscou para ela.

— Pare de falar! — ordenou Bowman. — Vanguarda, reviste-o.

O homem pendurou a arma nas costas e se aproximou, abrindo os braços do Doutor e vasculhando-o habilmente. Stella não pôde deixar de notar que o terno era bem justo, seria difícil esconder algum armamento sofisticado nele. Na verdade, o estranho não parecia levar consigo nada além da colher de chá, uma lanterna pequena, um par de óculos antiquados de aro grosso, uma carteira e uma espécie de dispositivo cilíndrico com uma luz azul na ponta.

— O que é isso? — inquiriu Bowman, pegando o objeto.

— É uma chave de fenda sônica.

— Hum.

O capitão jogou a peça de volta para o Doutor, que a guardou no bolso, assim como os outros itens, exceto a carteira.

— Aqui está a identidade dele — disse Vanguarda, abrindo a carteira. Ele parou e franziu o cenho. — Diz aqui que é *pirata*.

— O quê? Me dê isso — disse Bowman, tomando a carteira. Abriu-a e olhou. — Não seja idiota. Aqui diz que ele é... — O capitão hesitou, apertando os olhos, virando o documento a fim de segurá-lo melhor sob a luz. — Ele é... O que diz aqui? Não consigo ler.

Ele entregou a carteira a Stella, que a abriu, olhou para o Doutor, depois para a carteira outra vez.

— Não diz nada. Está em branco.

O Doutor tomou gentilmente a carteira das mãos de Stella e a guardou no bolso. Sorriu para ela, parecendo admirado. Stella sentiu que começava a enrubescer.

— Você não pode ter passado tanto tempo aqui embaixo. Está com a barba feita — disse ela.

O Doutor esfregou o queixo, examinando.

— É, bom... mas você não acreditaria na concentração necessária para impedir uma barba de crescer por tanto tempo. Mais tarde, vai coçar à beça.

— Ok, já chega — interrompeu Bowman. — Não sei que droga você está fazendo aqui, Doutor sei lá quem, mas não posso perder tempo nesta pocilga. — Virou-se de costas, indiferente, e ordenou a Scrum: — Volte para a nave e comece a reabastecer. Quero sair daqui o quanto antes.

O técnico obedeceu e se virou, pronto para sair.

— E o sinal, chefe? — perguntou Scrum.

— Que sinal?

— O sinal extra que o computador está usando.

— Não me interessa. Não tem nada a ver conosco. Agora vá.

Scrum saiu e Stella percebeu que o Doutor o observava com um ar acentuadamente intrigado. Bowman mandou Vanguarda procurar provisões na área e, fulminando o Doutor com um olhar aborrecido, saiu também.

— Scrum tem lá suas razões, sabe? — disse Stella ao capitão. — Nada disso faz sentido. Por que esse cara estava trancado aqui? Quem o trancou?

— Essa é a primeira pergunta inteligente que alguém faz aqui — comentou o Doutor, enérgico. — Qual é seu nome?

— Stella.

— Sabe de uma coisa, Stella? Eu também gostaria muito de saber quem me trancou. Até vocês chegarem, eu era a única pessoa neste planeta.

— O que o trouxe até aqui? — perguntou Bowman.

Ele espiava o Doutor com olhos desconfiados o tempo todo.

— Não tenho certeza. Minha nave foi desviada da rota. — De repente, a postura animada do Doutor fora substituída por uma careta pensativa. — Há algo muito estranho acontecendo aqui.

— Poderia ter algo a ver com o sinal suspeito de que Scrum falou? — ponderou Stella.

— Que tal darmos uma olhada?

O Doutor passou por ela para alcançar o terminal de computador. Colocou os óculos e ligou a máquina. O monitor se acendeu.

BEM-VINDO À ESTAÇÃO LODESTAR 479

— Ok, ok, já conheço essa parte.

Ele passou para outra tela.

HURALA — PORTAL PARA AS ESTRELAS

— O que significa isso? — indagou Stella.

O Doutor fez uma careta.

— Quase nada. Esse tipo de local era só um posto de parada para pessoas a caminho de lugares mais interessantes. Olhe, há uma lista dos planetas mais próximos. Klechton: esse é bem chato, para falar a verdade. Jalian 17: é uma festa, se você gosta desse tipo de coisa. Tenten 10: o Planeta Decimal. Blenhorm Ogin: nunca ouvi falar...

— Ah! — exclamou Stella, apontando. — Olhe! Arkheon! Ouvi falar desse! Era chamado de Planeta dos Fantasmas.

— Ah, sim — concordou ele, assentindo com entusiasmo. — Sempre quis conhecer, mas acabei nunca indo até lá. Acho que, em vez disso, fui ao London Dungeon. Ou terá sido ao Madame Tussauds?

— Dá para ir logo com isso? — rosnou Bowman, impaciente.

— Estou quase lá — respondeu o Doutor. Logo a pequena tela foi se enchendo de mais informações técnicas. — Agora... Este é o programa da estação do posto de abastecimento. É mais ou menos o padrão, mas esteve inoperante por anos. Só que agora foi reativado. Está assim desde que cheguei. E *isso* parece ter ativado outro programa, algo bem escondido no servidor principal. Vamos ver se consigo descobrir o que é... — Ele sacou a chave de fenda sônica e a apontou para o computador. — *Bingo!* — gritou de repente, fazendo Stella dar um pulo e Bowman lançar um olhar assassino para ele.

— O que foi? — perguntou Stella.

O Doutor deu um tapinha na tela.

— Ah, isso é bom, se é. Olhe... um sistema de substituição. É um programa novo embutido. Quando é ativado, como agora, assume o controle de toda a base. Ninguém me trancou naquela cela. O programa fez isso automaticamente. A base sentiu que eu estava aqui e acionou a armadilha. Rá! Esperta!

Stella franziu o cenho.

— Mas por quê? Para quê?

O Doutor sorriu.

— Oh, você sempre faz as perguntas certas, não é?

— Bom, eis aqui outra boa pergunta para você — grunhiu Bowman. — E aquele outro pobre coitado na cela?

O Doutor olhou com tristeza para o esqueleto estirado no chão.

— Não sei bem. Talvez a mesma coisa tenha acontecido com ele, mas o infeliz não teve a mesma sorte que eu.

— Pode ter certeza disso.

— Ou talvez ele tenha sido uma das pessoas que instalaram o sistema de substituição — sugeriu Stella. — Bom, alguém deve ter feito isso. Talvez tenha sido pego na própria armadilha.

A expressão do Doutor tornou-se sombria.

— Ou talvez ele fosse descartável.

— Mortos não dão com a língua nos dentes — acrescentou Bowman.

— Exatamente.

Stella estremeceu.

— Mas por quê? Para que isso?

— Lá vem você de novo — disse o Doutor. — Sempre fazendo as perguntas certas nas horas certas. Continue.

— Você gosta de perguntas?

— Adoro! Mas sabe do que eu gosto mais do que uma boa pergunta? Uma boa resposta. — Olhou cheio de expectativa para ela e para Bowman. — Vocês têm alguma?

Ambos negaram com a cabeça.

— Ah, bom, acho que não se pode ter tudo. — O Doutor voltou-se para o computador e continuou a trabalhar. — Talvez eu possa isolar o novo programa e tirá-lo daqui.

— Precisa mesmo? — indagou o capitão.

— A armadilha foi acionada quando entrei naquela cela, e o computador está enviando um sinal para alertar alguém. Seu amigo Scrum descobriu isso... mas eu me pergunto: quem está recebendo esse sinal?

— Acha que é a mesma pessoa que criou a armadilha? — perguntou Stella.

— Exatamente. — O Doutor ajustou um controle e ouviu-se um sinal estranho, que crepitava e se repetia.

— Código Morse de novo não — resmungou Bowman.

— Não, é complexo demais. — O Doutor retorceu o rosto, concentrado, como se tentasse decifrar o estranho ruído. — Mas é familiar...

— Essa coisa deve ter começado a transmitir o sinal assim que você chegou — disse Stella. — Cinco dias, 14 horas...

— E... ah, 31 minutos agora. Sim. Bem pensado. O destinatário desse sinal, quem quer que seja já o captou. — O rosto do Doutor desabou de espanto. — O que significa que podem chegar a qualquer momento para pegar a presa.

Bowman agarrou o comunicador.

— Scrum, prepare a nave para sair já. Vamos ter companhia.

Não houve resposta.

— Scrum? Está ouvindo?

Um ruído alto de estática irrompeu do comunicador. Ouviram a voz de Scrum, mas foi impossível distinguir as palavras.

— Algo está interferindo na frequência de comunicação — comentou o Doutor. Subitamente, ele ficou muito sério. — Quem quer que sejam eles... já estão aqui.

Stella engoliu em seco. Havia uma tensão crescente no ar, como se tudo ao redor estivesse carregado de eletricidade estática.

O Doutor operava o computador de novo, batendo freneticamente nas teclas.

— Se eu puder isolar o sinal e afastá-lo daqui... — De repente parou, os dedos arqueados no teclado. — Ah, não. Não, não, não. Escutem isso.

Stella e Bowman ouviram o som que emanava das caixas de som do computador. Era um pulsar baixo, como batimentos cardíacos eletrônicos.

O rosto do Doutor empalidecera.

— Não pode ser... — disse ele. — Simplesmente *não pode*.

O capitão havia sacado a arma novamente.

— Pode acreditar — avisou ele.

Em seguida, com um guinchar terrível de metal despedaçado, a porta no final do corredor explodiu. Estilhaços cortaram o ar, e os três já estavam abaixados e virados quando algo enorme e metálico atravessou os escombros.

Stella estava boquiaberta. Havia três deles entrando em fila pela porta arruinada; as armaduras de bronze polido exibiam um brilho opaco, as armas giravam e as hastes de olho viraram-se para mirá-los com lentes de um azul fulgurante.

— Daleks! — exclamou o Doutor, horrorizado.

— **EXTERMINAR! EXTERMINAR! EXTERMINAR!**

# Capítulo 3

Stella se encolheu quando o primeiro Dalek gritou "EXTERMINAR", ciente de que o fim estava próximo.

No entanto, assim que a arma da criatura disparou, tiros de uma arma de fogo atingiram a cabeça e o pescoço do robô. As balas mal tiveram efeito, interceptadas pelo campo de força protetor do Dalek antes mesmo de acertarem o alvo, mas a distração bastou para permitir que o Doutor tirasse Stella e Bowman da mira com um empurrão.

O raio desintegrador do Dalek iluminou o corredor com um terrível clarão azul.

— **ASSIMILANDO ALVO SECUNDÁRIO!** — chiou ele, o olho girando. — **EXTERMINAR!**

Escadas acima, Vanguarda mirava com o fuzil. Disparou outro tiro, sentindo o coice pesado da arma, e dessa vez o efeito foi diferente. O campo de força crepitou e houve uma explosão ofuscante.

Quando a fumaça baixou, o Dalek estava relativamente ileso, exceto por um chanfro queimado na armadura, mas mesmo o menor atraso bastava para ajudar os humanos a escapar, fugindo escadas acima. O medo é uma grande motivação.

Vanguarda disparou uma rajada pelo corredor e depois correu atrás dos amigos. Bem à sua frente estava o Doutor, pedindo para que todos corressem o mais rápido que pudessem enquanto subiam martelando os degraus.

— Como você fez isso? — questionou ele. — Armas não funcionam com Daleks.

— Esta aqui funciona — respondeu Vanguarda, com um sorriso enfurecido. — Somos caçadores de Daleks.

Stella notou um brilho súbito de esperança nos olhos arregalados do Doutor.

— É mesmo?

— ELEVAR! — Todos ouviram a ordem áspera ecoar logo abaixo. Não precisaram olhar para saber que os Daleks estavam se erguendo logo atrás deles.

— Mais rápido! — gritou o Doutor, apressando-os.

Stella tropeçou, e ele a segurou, levantando-a e empurrando-a pelos últimos degraus com uma força notável.

Bowman abriu a porta com um chute e eles saíram para a rua empoeirada. Vanguarda fechou a porta bruscamente e girou a tranca. Depois, apontou o fuzil para o mecanismo e disparou, fundindo-o.

— Isso não vai detê-los — avisou o Doutor.

— Eu sei, mas me sinto melhor assim.

— Parem de falar e *corram* — ordenou Bowman, seguindo na frente. Já havia sacado o comunicador mais uma vez e chamava Scrum para mandá-lo preparar a *Peregrina*.

Stella viu o Doutor se virar quando os Daleks irromperam do edifício em uma explosão. O primeiro deles emergiu, o olho azul vagueando até se fixar neles. O Dalek girou e começou a deslizar naquela direção.

Em seguida, parou.

— ALERTA! — chiou o Dalek. — ALERTA! INVÓLUCRO EXTERNO SOB ATAQUE!

Um trecho negro estava se espalhando pela couraça de bronze da cabeça da criatura. No ponto atingido pelo último disparo de Vanguarda, o metal começava a se dissolver.

— EMERGÊNCIA! — berrou o Dalek. — ARMADURA PROTETORA PREJUDICADA!

Os outros dois Daleks avaliaram o estrago.

— VÍRUS DE DISSOLUÇÃO MOLECULAR. VOLTE À NAVE PARA FAZER REPAROS!

— OBEDEÇO!

O Dalek se ergueu no ar, a cúpula efervescendo enquanto o vírus se espalhava sem piedade, e saiu voando.

Os demais se viraram e deslizaram atrás das presas.

Stella, Bowman, Vanguarda e o Doutor correram pela base, escondendo-se de edifício em edifício e de beco em beco.

O Doutor parou em um entroncamento e agarrou Stella pelo braço.

— Por aqui! Tenho transporte próprio.

— Onde?

— Sigam-me! Venham, todos vocês... *Allons-y*!

— Deixe-o ir, Stella — disse Bowman. — Nós vamos para a *Peregrina*.

Stella hesitou. Atrás dela, o capitão e Vanguarda a olhavam com firmeza, instigando-a a segui-los.

— Não temos muito tempo — insistiu Bowman. — Qual é o problema?

O Doutor havia parado e se voltado para ela. Havia algo nos olhos dele, uma espécie de anseio ou uma esperança amarga. Ele estendeu a mão.

— A TARDIS é segura. Venha comigo!

Stella acabou não tendo chance de decidir, pois um Dalek surgiu no final do corredor, bloqueando a saída do Doutor.

— **ALTO... OU SERÃO EXTERMINADOS!**

Vanguarda abriu fogo. Disparos de fuzil encheram o beco como trovões.

O Dalek os alvejou, mas os tiros saíram às cegas, e, de repente, todos estavam correndo outra vez, tropeçando uns nos outros, gritando uns com os outros para que fossem mais *rápidos*.

Chegaram à borda das pistas de aterrissagem da base de lançamento espacial. Ali, bem à frente deles, estava a *Peregrina*. Stella nunca havia ficado tão feliz em ver aquela lata-velha.

— Essa é sua nave? — perguntou o Doutor, surpreso.

— É — rosnou Bowman. — Por quê? Não gostou?

— A aparência pode não ser das melhores... — começou Stella.

— ... mas é boa no que interessa — finalizou o Doutor. — Não se preocupe, minha nave é assim também.

Scrum estava puxando da parte inferior da nave uma série de cabos pesados, conectados a diversas máquinas achatadas dispostas no perímetro da pista.

— O tanque ainda não está cheio, mas dá para ir! — gritou ele. — Koral já embarcou.

— Dê a partida! — rugiu Bowman.

Daleks surgiram deslizando do outro lado da base de lançamento. As luzes azuis de seus olhos voltaram-se para encarar os tripulantes da *Peregrina* enquanto percorriam os últimos metros até a nave.

— **ALTO!**

Nenhum deles parou. Scrum já estava na nave e os motores zuniam, ganhando vida, toda a estrutura estremecendo com a potência comprimida.

O capitão correu até a base da rampa e se voltou para dar cobertura ao Doutor e a Vanguarda enquanto ajudavam Stella a embarcar. O ar se encheu com o cheiro das descargas da arma energética.

Então, de repente, a *Peregrina* começou a decolar, a rampa de aterrissagem ainda estendida. Bowman agarrou um dos suportes hidráulicos, erguendo e plantando o pé firmemente no traseiro do Doutor, empurrando-o para a nave. Os disparos dos Daleks guincharam ao redor deles, iluminando a rampa com clarões de um azul elétrico.

O Doutor ficou de pé aos tropeços. À sua frente, Vanguarda ajudava Stella enquanto a nave oscilava. Ela sorria, radiante e aliviada por ter conseguido subir, erguendo os polegares para o Doutor em sinal de aprovação quando ele se aproximou.

— Scrum! — berrou Bowman. — Tire a gente deste inferno!

— Sim, meu capitão! — respondeu ele da cabine de comando. — Já estamos indo...

Algo explodiu atrás deles, fora da nave; provavelmente uma das bombas de abastecimento na pista de aterrissagem, atingida por um disparo Dalek. A bola de fogo rasgou o ar, fazendo a *Peregrina* cambalear levemente, e destroços encheram a área aberta da rampa de aterrissagem antes que a escotilha interna enfim se fechasse. A onda de choque derrubou Stella de costas no chão e fez com que o Doutor, Bowman e Vanguarda se estatelassem.

— Stella!

Na mesma hora, o Doutor viu que ela estava ferida. Havia um pedaço de metal, parte de um tanque de combustível, atravessado em sua coxa.

Ele rastejou na direção de Stella, que estava apoiada em uma divisória, o rosto pálido encarando-o. O ferimento na perna era profundo e grave, o sangue arterial escuro espalhando-se pela calça.

— Ai, isso *dói* — resmungou ela.

— Está tudo bem — disse ele às pressas. — Só feriu a carne. Você vai ficar bem.

— Ei — respondeu Stella, com um sorriso fraco. — Recebi treinamento médico, sabia? Sei que estou muito mal.

O Doutor apertou a mão dela.

— Você vai ficar bem — repetiu.

— Não temos mais suprimentos médicos a bordo. Usei os últimos com Scrum.

Bowman se aproximou.

— Pare de falar. Você precisa ir para o compartimento médico.

— É — concordou Vanguarda. — Cara, essa foi por pouco, mas a gente está bem. Vai dar tudo certo, gata. A gente vai sair daqui.

A *Peregrina* havia se afastado da base de lançamento espacial e se elevava aos poucos, Scrum manobrando-a para que atravessasse a atmosfera o mais rápido possível.

— Vou ligar os aparelhos médicos. Tragam Stella — disse Bowman.

— Não percam seu tempo — respondeu ela enquanto o capitão saía. Estava pálida e claramente com dor, mas continuava a sorrir. — Vocês vão ter que me remendar com fita adesiva.

— Tente não falar — aconselhou o Doutor.

— Ei, dá um tempo, estou lutando pela minha vida aqui... — Ela sorriu tristemente, com os olhos marejados. — E não deixe Vanguarda me operar, viu? Ele não sabe nem usar garfo e faca direito.

— Está brincando? Eu nem vou chegar perto daqueles trecos médicos. Nunca. Além do mais, *ele* é o único doutor por aqui — disse Vanguarda, indicando o Doutor com o polegar.

— Pensei que você tivesse falado que ele era pirata. — Stella riu e se voltou para o Doutor: — Quer um conselho? Tente usar uma daquelas criocargas de emergência. Assim você me congela e me leva para algum lugar onde possam me operar direito.

— Boa ideia — respondeu o Doutor. — Você é cheia delas.

Ouviu-se um guinchar agudo de metal atrás deles. A porta interior da área de descompressão se encurvou e corcoveou, deslizando para o lado e rangendo em protesto. De trás dela surgiu a forma cravejada de rebites de um Dalek.

— Que droga! — gritou Vanguarda, saltando em busca do fuzil.

O braço do Dalek, dotado de um desentupidor, empurrou os restos da porta para um lado, amassando metal e plástico com sua força. O olho azul os encarou e as luzes em sua cabeça brilharam.

— **EXTERMINAR!**

O Doutor tentou tirar Stella dali, mas era tarde demais.

O raio exterminador a atingiu em cheio na região lombar, iluminando-a com uma radiação tão poderosa que o esqueleto e os órgãos internos ficaram claramente visíveis. O feixe de luz manteve-se fixo nela, pressionando-a contra a parede, o zunido estridente mesclando-se ao grito pavoroso de agonia que pareceu preencher a nave.

Por fim, depois do que pareceu uma eternidade, o raio cessou e o cadáver caiu no chão.

# Capítulo 4

Com um grito de ódio, Vanguarda abriu fogo contra o Dalek.

Os tiros ricochetearam pela passagem da área de descompressão, quicando no campo de força e enchendo o ambiente com uma tempestade de munição. O olho do Dalek voltou-se implacável para Vanguarda quando ele se aproximou, o fuzil encaixado no ombro, esvaziando o pente de balas na cabeça e no pescoço do inimigo. O Dalek permaneceu ileso. Esperou um pouco, até o fuzil se esvaziar, depois ergueu a própria arma e a apontou para o humano.

O Doutor saltou, arremessando algo contra o Dalek. Por um brevíssimo momento houve um clangor quando a coisa acertou a carapaça de metal e um clarão branco-azulado encheu a câmara. Vanguarda cambaleou para trás, pego em uma rajada súbita de ar incrivelmente frio que lhe tirou o fôlego.

Ele caiu por cima do Doutor, e ambos desabaram em um emaranhado de braços e pernas.

Silêncio.

Endireitaram-se com cautela, sentando no chão, e olharam para o Dalek.

Estava congelado. Uma névoa branca e gélida flutuava ao redor da parte superior da criatura, em formato de cúpula, o invólucro de metal coberto de alto a baixo por uma grossa camada de gelo. Atrás do olho de vidro, a luz azul havia se apagado, substituída por uma escuridão glacial.

— O que... o que foi isso? — indagou Vanguarda, arfando. — O que você fez?

— Usei uma das criocargas de emergência.

O Doutor se levantou e olhou a câmara ao redor, onde o Dalek jazia em uma pequena área coberta de gelo.

Satisfeito ao ver a criatura imobilizada, Vanguarda correu para onde Stella havia caído. Bowman chegou correndo, as botas martelando o piso de metal. Olhou hesitante para a criatura congelada e depois se ajoelhou diante de Stella.

— O que aconteceu?

— O Dalek nos perseguiu, entrou aqui sei lá como — respondeu Vanguarda em voz baixa. Não precisou dizer mais nada.

O capitão olhou incrédulo o corpo fumegante de Stella. Os lábios se apertaram e um músculo tremeu na mandíbula.

— Sinto muito — disse o Doutor atrás dele. — Sinto muito mesmo.

Bowman inspirou fundo, estremecendo, e se levantou. Endireitou os ombros, mas os olhos profundos ardiam de fúria quando ele se voltou para encarar o Doutor.

— Tire essa *coisa* da minha nave.

Não precisou apontar para o Dalek. Todos sabiam do que o capitão falava.

— Sinto muito, mas não posso — respondeu o Doutor. A voz mal passava de um sussurro. — A porta externa da área de descompressão foi danificada... provavelmente na explosão, quando decolamos. Está emperrada. Talvez nós possamos...

O capitão o ignorou, voltando-se para Vanguarda:

— Conserte a porta. Livre-se da coisa.

— Sim, senhor.

O Doutor nada disse. Bowman olhou para o Dalek imóvel por mais um segundo e perguntou:

— Está morto?

O Doutor se aproximou cautelosamente da criatura. Acenou com a mão diante do olho congelado, e não houve reação. Com muito cuidado, caminhou ao redor do Dalek, inspecionando-o de todos os ângulos. Finalmente, cutucou o cano da arma. Nenhuma reação.

— Não tem visão nem capacidade motora. Armamentos desligados. Eu diria que está praticamente morto.

— Praticamente?

— Com Daleks, nunca se sabe. Mas está criogenicamente congelado... Às vezes eles são suscetíveis a uma redução súbita de temperatura, sobretudo quando pegos desprevenidos. Vanguarda atirou nele a uma curta distância, então provavelmente boa parte da potência estava desviada para o campo de força defensivo, o bastante para permitir que a criocarga fizesse o serviço.

— Você pensou rápido.

O Doutor abanou a cabeça.

— Não rápido o suficiente. Além do mais, foi ideia de Stella.

Eles deveriam estar comemorando, felizes e emocionados pelo fato de terem derrotado um inimigo imbatível, mas, em vez disso, tudo o que havia era a sensação de fracasso absoluto. Ninguém suportava olhar para o corpo dela.

— Eu deveria ter sido mais rápido — insistiu o Doutor. — Stella não merecia morrer assim. Ninguém merece.

— Não sei que droga você estava fazendo naquele planeta — reclamou Bowman —, mas, desde o momento em que o encontramos, tudo deu errado.

— Não é culpa minha — defendeu-se o Doutor.

— Continue dizendo isso a si mesmo para se convencer.

Vanguarda se intrometeu:

— Calma, chefe. Precisamos levar Stella.

— Parece que estamos presos aqui com você — resmungou o capitão para o Doutor, em tom de ameaça. — Pelo menos até consertarmos aquela comporta. Até lá, fique fora do meu caminho.

Depois que a *Peregrina* alcançou o espaço sideral e viajava na velocidade máxima, Bowman foi para sua cabine e pediu que ninguém o perturbasse. Scrum ficou operando o leme, enquanto Vanguarda, depois de ajudar a remover o corpo de Stella, foi consertar a comporta.

Encontrou ali o Doutor, que examinava o Dalek com a chave de fenda sônica.

— A criocarga funcionou melhor do que pensei — disse ele. — Esta criatura parece estar completamente morta. Serve como sistema de suporte de vida para a criatura lá dentro, então imagino que tenha sido exterminada.

— Você sabe um bocado sobre os Daleks, hein? — comentou Vanguarda, desconfiado.

— Um pouco.

Vanguarda espiou a criatura, ainda amortalhada em uma névoa fria e coberta de gelo.

— Cara, a gente teve sorte. Achei mesmo que fosse meu fim.

— Não teria funcionado se você não estivesse atirando. — O Doutor olhou de relance para o fuzil pendurado no ombro de Vanguarda. — Que tipo de munição essa coisa usa? Você danificou aquele Dalek em Hurala... Nunca vi ninguém fazer aquilo com uma arma de fogo convencional. Um tiro de sorte no olho, talvez, mas aquilo foi incrível.

— VDM — respondeu Vanguarda. — Vírus de dissolução molecular. Um negócio que Scrum desenvolveu. Balas de cabeça bástica para penetrar o campo de força. Depois, o vírus infecta a armadura e vai devorando a criatura.

O Doutor ergueu as sobrancelhas.

— Genial. Mas teria que agir rápido. Seria necessário um VDM extremamente agressivo para derrotar as moléculas de autorreparação que compõem o policarbonato.

Vanguarda inspecionava cuidadosamente a cabeça e o pescoço do Dalek.

— O que não entendo é por que a munição não funcionou dessa vez. Eu estava atirando à queima-roupa. As balas deviam ter arrebentado a cabeça dele.

— Bom, suas armas são engenhosas — respondeu o Doutor —, mas os Daleks são mais. A armadura deles aprende e se adapta. Na hora em que o vírus comedor de metal mastigava aquele primeiro Dalek, ele já estava analisando o dano e transmitindo protocolos defensivos de emergência para que os companheiros não fossem pegos do mesmo jeito.

— Agora você está falando igual ao Scrum — murmurou Vanguarda. — Normalmente ele é o cérebro da operação.

— Operação?

— Somos caçadores de recompensa, contratados pelo Comando da Terra para matar Daleks. Ganhamos um bônus fixo por cada olho coletado. O que me lembra...

Vanguarda levou a mão ao cinto, de onde tirou uma ferramenta a laser. Moveu-a em direção à haste de olho do Dalek, mas o Doutor deteve sua mão com um tapa.

— Não toque nisso! Essas criaturas podem absorver informação genética do seu DNA. Um único toque pode bastar para ela começar a se regenerar.

— Você disse que ele estava morto.

— Com os Daleks todo cuidado é pouco, pode acreditar.

Devagar, relutante, Vanguarda devolveu o laser ao cinto.

— Então, qual é sua história? Como é que você sabe tanto sobre os Daleks? Não tem cara de soldado.

— Stella também não tinha.

Vanguarda fungou.

— Ela era diferente.

— Eu também.

— Se você diz... — Vanguarda não pareceu convencido. — Mas o que é que você estava fazendo em Hurala, afinal?

O Doutor suspirou e coçou a nuca.

— Para falar a verdade, não sei ao certo. Minha nave estava meio esquisita... os sistemas de orientação já eram.

— Para vir parar aqui, você deve estar bem perdido, camarada.

O Doutor sorriu ao olhar para ele.

— Sabe, acho que é a primeira vez que alguém me chama de "camarada".

— Não se empolgue. O capitão Bowman quer você fora da nave, e eu é que não vou discutir com ele. Além disso, não retiro o que disse: sua nave deve ter saído *totalmente* da rota para você acabar aqui, tão longe do espaço terrestre.

— Ah, não é com o espaço que eu me preocupo — respondeu o Doutor, perdido em pensamentos. — A TARDIS parece ter pulado uma linha temporal... Eu viajei para o passado na linha temporal dos próprios Daleks até este ponto.

— Pensei que Scrum falasse engraçado, mas você é bem pior que ele, camarada.

— Eu *realmente* não deveria estar aqui — disse o Doutor, sério. Parecia quase estar falando sozinho. — Quer dizer, está tudo errado. Voltei a um ponto antes mesmo de a Guerra do Tempo começar, e isso é impossível. Bom, não impossível. Está claro que nada é impossível. Aqui estou eu e aqui estão os Daleks, bem no meio do grande conflito com o primeiro Império da Terra.

— Você não está dizendo coisa com coisa.

— Que ano é este, Vanguarda?

— Você só ficou naquela cela por cinco dias. Controle-se!

— Apenas responda à pergunta.

Tal era a severidade na voz do Doutor que Vanguarda respondeu automaticamente.

— Ahh — disse o Doutor, assentindo devagar ao começar a entender o que estava acontecendo. — Deixe-me adivinhar: os Daleks estão tumultuando a galáxia. O Império da Terra está resistindo como pode, mas as batalhas prosseguem ano após ano por todos os sistemas solares. Alguns humanos nunca nem viveram uma época em que não estivessem em guerra contra os Daleks.

— É, acho que sim.

— A Geração Dalek. Mas vocês chegaram a um ponto crítico, não? Duas grandes potências galácticas guerreando pelas estrelas. Dois superpoderes gigantescos competindo pela supremacia, batalhando por ela planeta após planeta. Qualquer lado pode vencer.

— É bem por aí. Aqui na fronteira a gente está fazendo o que pode, atacando o espaço Dalek, atrapalhando as rotas de provisões deles. Ganhando a vida.

— Você escolheu uma vida dura.

— Nunca conheci outra. Cresci em Gauda Prime, e lá a gente já nasce lutando. O exército não me quis. Disseram que eu era muito descontrolado, e eu não quis deixar ninguém me recondicionar.

— Fez bem. Sempre é melhor simplesmente dizer não.

— Vim parar na *Peregrina* com o capitão Bowman. Ele sabe tudo sobre matar Daleks.

— Então temos mais em comum do que pensei — comentou o Doutor secamente.

— Ei, Bowman é legal. Um soldado de verdade, se é que você me entende. Não tem cara mais durão que Jon Bowman. Ele foi oficial da

Força Terráquea I lá naquela época. Veterano dos conflitos draconianos também. Dizem que estava na linha de frente no Tártaro. É especialista em armas e táticas. Já estava detonando os melhores do Skaro quando eu ainda usava fralda.

— Fico feliz em ouvir isso. Acho que ele não gosta muito de mim.

Vanguarda desviou o olhar.

— Todo mundo gostava da Stella. Ela era do bem. O capitão Bowman a considerava uma filha.

— Sinto muito.

A porta se abriu com um sibilo e Scrum entrou. Cumprimentou Vanguarda com um aceno de cabeça, mas evitou olhar para o Doutor.

— O capitão disse que vamos voltar para Auros.

— Auros? — repetiu o Doutor.

— O planeta da Stella — explicou Scrum, desolado. — Vamos levá-la para casa.

# Capítulo 5

Auros era um dos mundos coloniais que formavam o cerne do Império Humano. Mesmo com a *Peregrina* em velocidade máxima, levaria quase um dia para chegar lá. Bowman permaneceu na cabine, enquanto o corpo de Stella foi mantido no compartimento médico, em resfriamento criogênico, assim como o Dalek. Ninguém apreciou a ironia, muito menos o Doutor.

Ele prestou-lhe tributo. Stella estava deitada serenamente na estreita maca de exames, os braços cruzados no peito; parecia uma efígie de mármore em um túmulo. Tinha a pele branca e perfeita como alabastro, coberta por um fino véu de gelo.

O Doutor queria dizer que lamentava, mas para quê? Ela se fora. O que quer que tivesse tornado Stella única já não estava lá. O corpo permanecia, mas a pessoa, a inteligência, o bom humor e a coragem que ele havia vislumbrado tão brevemente, tudo isso deixara de existir para sempre. Era algo que o Doutor nunca entenderia por completo.

— Você gostou mesmo dela, não? — perguntou Scrum no corredor. Não havia espaço para mais que duas pessoas por vez no compartimento médico.

— É — respondeu o Doutor. — Gostei. Ela me lembrava alguém... algo... de que sinto falta.

— Ela era uma boa companheira.

O Doutor mordeu o lábio e assentiu.

— É, aposto que sim.

— Não adianta remoer a perda — declarou Scrum. — Ela vai para casa, é tudo que precisamos saber.

— Ela tem família?

— Não, não que eu saiba.

— Que bom.

Scrum deu de ombros.

— Nunca pensei nisso. Tantas pessoas são órfãs hoje em dia...

— Por causa dos Daleks?

— É. Dizem que é a Geração Dalek.

— Eu sei.

Scrum limpou a garganta, obviamente querendo mudar de assunto. O Doutor ergueu o olhar e forçou um sorriso.

— Vanguarda já conseguiu consertar aquela comporta?

— Está empenhado nisso.

— Espero que não se esforce demais.

— Até chegarmos a Auros, ele já terá terminado. Você pode descer lá.

O Doutor assentiu.

— Vou precisar voltar a Hurala. Minha nave ainda está lá.

— Hurala está lotada de Daleks.

— É isso que me preocupa.

O Doutor seguiu Scrum pelo corredor estreito até a cozinha. Ouvia o som das ferramentas de Vanguarda na outra ponta, na área de descompressão. Olhando de soslaio, o Doutor se surpreendeu ao perceber que o Dalek havia desaparecido.

— Tivemos que removê-lo — explicou Scrum. — Não havia espaço para Vanguarda trabalhar.

— Isso foi arriscado — respondeu o Doutor. — Até um Dalek morto é perigoso. Eles têm uma centena de defesas automáticas.

— Está tudo bem, nem tocamos nele. Usei uma empilhadeira para levá-lo até o compartimento de carga. Além disso, acho que a criocarga o incapacitou completamente. Ele nem se mexeu quando Vanguarda extraiu a haste de olho.

O Doutor parou no meio do caminho.

— Ele fez o quê?

— Extraiu a haste de olho. Para a recompensa, sabe?

— Eu disse para ele não fazer isso!

Scrum o encarou um tanto confuso.

— Doutor, ele não recebe ordens de você. O capitão Bowman está no comando aqui, caso não tenha notado. A recompensa por essas criaturas é o que nos mantém vivos. É uma morte confirmada, e é para isso que o Comando da Terra nos paga. Vamos entregar o olho às autoridades em Auros e, com isso, garantir nosso pão de cada dia.

O Doutor não disse nada. Sentou-se à mesa da cozinha, apertando os lábios.

Scrum sentou-se diante dele.

— Na verdade, andei pensando naquele Dalek. Não é sempre que tenho a chance de ver um de perto... pelo menos não por muito tempo. Deve haver muita coisa que eu poderia aprender se pudesse desmontá-lo.

— Nem pense nisso — avisou o Doutor em tom sombrio.

— Está morto. Com as ferramentas certas, eu poderia abri-lo.

O Doutor o encarou.

— Acredite, você realmente não quer fazer isso. Todo Dalek tem defesas contra esse tipo de coisa. Seria como brincar com uma granada de mão sem pino. A criatura lá dentro pode estar morta, mas aquela armadura está cheia de dispositivos antimanuseio e armadilhas explosivas que deixariam você de cabelo em pé. A quantidade de mecanismos de autodestruição que existem nessas criaturas poderia manter uma equipe de especialistas em desarmamento de bombas ocupada um mês inteiro.

— Mas enquanto estiver aqui...

— Esqueça. Assim que aquela comporta for consertada, jogue o Dalek no espaço e esqueça que o viu. Considerem-se com sorte por não termos todos terminado da mesma forma que Stella.

Na mesma hora o Doutor se arrependeu do que disse, mas era tarde demais. Scrum olhou-o friamente por um segundo ou dois e então se levantou para sair.

— Se fizermos o que Bowman quer, jogaremos o Dalek no espaço, e o próximo será você.

O Doutor ergueu a sobrancelha.

— Pensei que só piratas fizessem as pessoas caminharem na prancha.

— Lembre, Doutor... Stella era nossa companheira. Era uma de nós. Você, não.

Scrum saiu, deixando o Doutor sozinho na cozinha da nave.

Vanguarda trabalhava na porta. A divisória externa havia sido um pouco retorcida, fazendo com que os trilhos da comporta principal emperrassem. Ele possuía as ferramentas para repará-la, mas a verdade é que não conseguia se concentrar.

Só conseguia pensar em Stella. Tudo o que ouvia era o grito estridente do raio mortal do Dalek e o grito igualmente estridente da amiga enquanto morria, espremida contra a parede pela força do feixe de energia. Tudo o que via ao fechar os olhos eram o clarão azul e o crânio de Stella jogado ali, com a mandíbula escancarada.

A mão de Vanguarda escorregou quando ele esfolou os nós dos dedos na grade de metal do convés. Ele xingou e atirou no corredor a chave inglesa gravitacional, que produziu um baque alto ao atingir o chão.

— Da próxima vez você vai me acertar — disse Scrum. Por pouco a chave não havia batido em seu pé quando virara a esquina.

Vanguarda balançou a cabeça.

— Não consigo.

— Claro que consegue. Há anos você desmonta essa lata-velha e monta tudo de novo. Nós dois.

— Não é disso que estou falando. Conserto essa coisa de olhos fechados. — Vanguarda soltou um suspiro e sentou-se no chão, descansando os braços musculosos nos joelhos. — Quer dizer... Droga, não sei o que eu quero dizer.

— Nós ganhamos a vida combatendo Daleks — sussurrou Scrum. — Podemos morrer a qualquer momento, qualquer um de nós pode. Você sabe disso. Todos sabemos... e Stella também sabia.

— Isso não facilita nada. Ela nunca quis fazer parte disso, não como a gente. Ter morrido assim... parece errado, camarada.

— Entendo o que quer dizer. — Scrum sentou-se de frente para Vanguarda no convés e enfiou a mão em uma bolsa no cinto. De lá, tirou um pequeno frasco de metal, desatarraxou a tampa e tomou um gole. — Tome. — Passou o frasco para o amigo.

— O que é isto?

— Uma bebida antiga da Terra. Muito antiga. É rara e, por isso, cara.

Vanguarda ergueu o frasco, engoliu e quase engasgou.

— Ei... que droga é isto? Porcaria, quase me matou!

— Considere um remédio.

Vanguarda tomou outro gole, fez uma careta e piscou.

— Qual é o nome?

— Gengibirra.

— É bem forte.

— Só tomo em ocasiões especiais. — Scrum pegou de volta o frasco e bebeu outra vez. — À Stella... que era do bem.

— Amém.

Ficaram em silêncio amistoso por alguns minutos, passando o frasco de um para o outro. Por fim, Scrum recolocou a tampa e guardou-o.

— O que acha do Doutor? — perguntou.

— Com certeza não é nenhum pirata — respondeu Vanguarda. — Tirando isso... sei lá, não entendo metade do que ele diz. Nisso o cara é meio parecido com você, só que mais bonito.

Scrum fungou antes de prosseguir:

— Ele sabe umas coisas.

— Que coisas?

— Sobre os Daleks... coisas que não nos contou.

— Talvez. Mas não importa, porque de um jeito ou de outro Bowman vai chutar a bunda magricela dele para fora da nave assim que puder, e vai ser bom.

— Por que diz isso?

Vanguarda inclinou-se para a frente.

— Porque não sei quem ou o que ele é, só sei que não trouxe para a gente nada além de azar.

O Doutor havia decidido que não havia razão para ficar sentado na cozinha sofrendo e se lamentando. Estava preso na *Peregrina* pelo menos até chegar a Auros, então era melhor conhecer o terreno. Além disso, não poderia resistir a dar uma olhada por ali. Isso, aliás, havia sido exatamente o que o metera naquela confusão.

A primeira coisa que decidiu fazer foi verificar a sala de máquinas. A nave era pequena mas poderosa, e ele imaginou que tipo de sistema de propulsão usava. Não eram muitas as aeronaves daquele tempo que se valiam de sistemas antiquados de abastecimento como recarga astrônica.

No caminho, passou pelo compartimento de carga e não pôde evitar parar e espiar pela janela de plástico da porta.

Lá estava o Dalek, parecendo uma escultura de gelo pavorosa, refletindo as luzes do compartimento. No lugar da haste de olho havia apenas o toco do eixo aninhado no encaixe de metal. Alguns cabos e filamentos de fibra ótica pendiam do buraco.

Mesmo desprovida do olho, a criatura parecia perigosa. Só a forma do Dalek já bastava para arrepiar o Doutor até os ossos. Eram más lembranças e pesadelos demais para que ele sentisse algo além de repulsa.

E medo.

Inspirou fundo e expirou, embaçando ligeiramente a janela, obscurecendo o demônio congelado lá dentro. Foi o suficiente para impedi-lo de ver a única gota de água que caiu da borda do braço do Dalek.

A sala de máquinas ficava um pouco mais distante, na popa da nave. Quanto mais o Doutor se aproximava dos pesados motores astrônicos, mais sentia a vibração através da sola dos tênis. O ruído aumentava também. Pensou ser capaz de detectar uma batida levemente irregular vindo das bombas de refrigeração e sentiu uma fagulha de interesse. Era quase certo que isso indicava um problema com as válvulas reguladoras, e talvez ele pudesse consertá-las ou aprimorá-las, e assim marcar pontos com os outros tripulantes da *Peregrina*.

No entanto, algo captou sua atenção quando se aproximou da sala. Mais além, no corredor, havia um movimento nas sombras.

— Olá? — disse ele, tentando ver o que era.

Estava escuro ali, os corredores iluminados apenas por uma série de luzes alaranjadas distribuídas ao longo das paredes. Cabos e tubos grossos passavam por toda a extensão do teto e o vapor das bombas de resfriamento subia pelas placas do convés, sinal claro de que as válvulas reguladoras estavam gastas.

— Tem alguém aí?

O Doutor teve um rápido vislumbre de algo ágil e escuro, com presas à mostra brilhando sob as luzes, e a criatura se jogou sobre ele, prendendo-o no chão com um rosnado raivoso.

# Capítulo 6

— O capitão quer falar com você — sussurrou ela em um sibilo, completamente diferente da fera ensandecida que o Doutor havia esperado.

Ele franziu o cenho.

— O quê?

— Eu disse que o capitão quer falar com você — repetiu a alienígena, sentada no peito dele.

Ficou caído ali por mais um momento, incapaz de pensar em uma resposta adequada.

— *O quê?* — voltou a perguntar por fim.

Ela saltou de cima dele. Quando o vapor das bombas refrigeradoras se dissipou, o Doutor viu uma figura castanho-alourada, humanoide, com um par de olhos luminosos. Levantou-se aos tropeços, endireitando o paletó em uma tentativa de recuperar um pouco a dignidade, e espiou a estranha face leonina.

— Você ataca assim todos os seus hóspedes?

— Depende. — De novo, a resposta foi pouco mais que um sussurro.

— Depende do quê?

— Se gosto ou não deles.

— Entendo — disse o Doutor, esfregando o pescoço. Poucos segundos antes, estivera convencido de que a criatura lhe rasgaria a garganta a dentadas. — Então acho que não gosta muito de mim.

— Se eu não gostasse, você já estaria morto.

Ela se virou e seguiu na frente pelo corredor, desaparecendo nas sombras.

— Certo — comentou o Doutor. — Você é bem direta.

Bowman estava em sua cabine, sentado à mesa, limpando uma enorme arma automática. Não olhou para o Doutor até a porta se fechar atrás dele, com um zumbido.

— Doutor — disse finalmente. Pronunciou a palavra como se tivesse gosto ruim.

— Capitão.

— Já faz muito tempo que não tenho direito a nenhum posto hierárquico. Sou capitão aqui só porque a *Peregrina* é minha nave... e essa é minha tripulação. Oficialmente, não existimos.

— São mercenários.

— Caçadores de recompensa. — Bowman recostou-se na cadeira e cruzou os braços, os músculos ondulando sob a pele bronzeada por sóis de uma centena de mundos. Havia sinais de muitos ferimentos antigos e uma cicatriz esbranquiçada no antebraço. — Mercenários trabalham para quem pagar mais. Nós caçamos Daleks, e a Terra nos recompensa por cada morte. Há uma diferença.

— Se você diz...

— Digo. Trabalhamos para o Comando da Terra e ninguém mais.

— Conheço o Comando da Terra. Eles estão ficando assustados. Os Daleks estão enfrentando as forças humanas em cada front, reduzindo os limites sob controle terráqueo. E agora a Terra está preparada para usar todo e qualquer método para deter os Daleks... até mercenários. Ou caçadores de recompensa.

— Você fala como se isso fosse ruim.

— O problema é o aumento. Para ataques do tipo "olho por olho" nas regiões fronteiriças, ninguém liga. Mas aí um planeta inteiro é aniquilado e sai em todos os noticiários. Não adianta tentar deter os Daleks com um bando de matadores na linha de frente. A Terra vai ter que enviar tropas, milhares delas. Metade vai ser composta por nada além de crianças que se alistaram por achar que é a coisa certa a fazer.

— E você não acha que é?

— Não acredito no massacre de inocentes.

— Os Daleks querem conquistar a galáxia inteira. Precisamos combatê-los.

— Claro que precisam. Mas o que importa é a forma como combatem. Eles *querem* arrastar vocês para uma guerra longa e exaustiva porque é disso que gostam. Destruição, matança, massacre... *extermínio*. É o que fazem. Vocês estão fazendo exatamente o que eles querem. Trouxas. Tanto faz.

— Você parece saber muito sobre eles.

— O bastante para saber que, no fim, se não tomarem cuidado, os Daleks vão arrastar todos vocês para a guerra. Todo e cada ser humano. É o que eles querem.

Bowman observou atentamente o Doutor, como se pesasse as palavras dele e tentasse decidir se deveria continuar questionando-o ou se era melhor dar logo um tiro em sua cabeça. A expressão pétrea e insondável do capitão informava que poderia fazer tanto uma opção quanto outra. Naquele momento, porém, ouviu-se uma mudança distinta no roncar dos motores da *Peregrina*, indicando que a nave havia tomado outro rumo. O intercomunicador na mesa de Bowman emitiu um bipe e a voz de Scrum anunciou:

— Acabamos de entrar no sistema de Auros, chefe.

— Bom — respondeu ele. — Avise quando entrarmos em órbita. — Depois, voltou-se para o Doutor: — Sente-se.

O Doutor sentou-se em uma cadeira diante do capitão, erguendo os pés e apoiando os tênis casualmente na beirada da mesa. Algo capturou sua atenção na mesma hora, e ele esticou a mão, apanhando a holofoto.

— Awn, são seus pais? Que fofo! Você tem os olhos da sua mãe, sabia? Só que ela não parece estar de cara fechada nesta foto. Mas ela nem sabe como você ganha a vida. Caçador de recompensas, hein?

— Largue isso — rosnou Bowman.

O Doutor jogou o retrato por cima da mesa e o capitão o apanhou com um gesto rápido.

— Agora... sobre o que é que você queria falar comigo? E quem é aquela criatura encantadora que me trouxe até aqui, sua guarda-costas? Capanga? Mascote da nave? Para falar a verdade, você não parece precisar de nada disso.

— E não preciso, mas Koral é única. É rápida, forte e muito leal. E tem garras capazes de rasgar metal.

— Sério? Acho que nunca vi essa espécie antes.

— O planeta dela foi destruído pelos Daleks... Ela é a última da raça.

— Sei como é.

— Salvei a vida dela — disse Bowman, sem rodeios. — Ela estava morrendo, sufocando na fumaça e nas ruínas do próprio mundo. Eu a trouxe a bordo da *Peregrina* e cuidei dela até que melhorasse. Agora ela acredita que deve a vida a mim, literalmente. Jurou me proteger.

— Essa história é clássica — comentou o Doutor —, mas ainda não acho que você precise disso. — Indicou com um gesto a pesada blaster na mesa.

— Verdade, mas o que mais Koral pode fazer? Viver comigo dá a ela a única coisa que deseja... a chance de destruir Daleks. Algo que, por acaso, já a vi fazer com as próprias mãos. Em um conflito recente com alguns piratas espaciais, um dos meus tripulantes foi levemente ferido. Koral saltou para cima do bandido que disparou o tiro e arrancou a cabeça dele com um único golpe das garras. Sua lealdade se estende ao restante da tripulação.

O Doutor assobiou, admirado.

— E o restante da tripulação... que tipo de truques eles fazem?

— Scrum é um técnico em informática brilhante e cientista teórico... ou pelo menos é o que ele diz. Também é um criminoso procurado por todo o espaço terrestre, então é difícil comprovar o que ele alega. Mas inventou a maior parte dos nossos armamentos e sistemas defensivos anti-Daleks, então estou disposto a conceder o benefício da dúvida.

— E Vanguarda?

— Já foi fuzileiro espacial, um dos melhores... só que não aceitava a disciplina militar e acabou recebendo uma dispensa desonrosa. Algo a ver com ter matado o comandante dele, creio eu.

— E Stella? — O tom do Doutor foi suave, cauteloso, mas ele precisava perguntar. — Ela não combinava muito com vocês... criminosos, assassinos e criaturas capazes de rasgar metal com as garras.

Bowman o encarou.

— Stella era gente boa. Isso é tudo o que você precisa saber.

O Doutor assentiu.

— Eu gostava dela.

— Você mal a conheceu.

— Sou um bom juiz de caráter.

— É mesmo?

— É. Então, olhe: não quero mesmo ficar aqui mais tempo do que preciso e sei que você com certeza não quer que eu fique. Sendo assim, que tal cortar esse papo furado e ir cada um para o seu lado? Você também não precisa se dar o trabalho de me jogar da nave. É só me largar quando chegarmos a Auros e fim de papo.

Bowman não respondeu de imediato. Simplesmente continuou a limpar a pistola, recolocando cada componente no lugar sem nem mesmo olhar o que fazia.

— Não tão rápido, Doutor — disse, por fim.

O Doutor observou o capitão terminar de montar a arma.

— Veja — disse Bowman —, estive pensando em uma coisa. Está me atormentando desde que saímos de Hurala. Aquele planeta não passa de um pedregulho esquecido na beira do espaço. Então, o que estava fazendo lá? E, mais importante, o que os Daleks estavam fazendo lá? Eles não fazem nada nem vão a parte alguma sem motivo.

— Não faço ideia — respondeu o Doutor. — Eu mesmo nem deveria estar lá. Não posso responder pelos Daleks.

— É mesmo? — Bowman não tentou disfarçar o ceticismo. — Vamos, Doutor. Sei que você é um espião.

— Espião?

— Agente terráqueo. Inteligência militar. Por que mais estaria preso em Hurala exatamente quando os Daleks apareceram? Não pôde nem fornecer uma identidade convincente. Você tem a palavra "segredos" escrita na testa. Não havia nenhuma outra aeronave lá quando a *Peregrina* pousou. Aposto que, se eu perguntasse diretamente como foi parar em Hurala, você responderia.

— É difícil de explicar. De verdade.

O capitão apertou os lábios.

— Deixe-me adivinhar... se me contasse, você teria que me matar?

— Provavelmente teria que fazê-lo parar de rir primeiro.

— Quer apostar? — Como quem não quer nada, Bowman apontou a pistola para a cabeça do Doutor. — Vamos deixar uma coisa bem clara. Não gosto de espiões e não gosto de você. Mas de um jeito ou de outro vou descobrir o que estava fazendo em Hurala e por que os Daleks estavam lá.

O intercomunicador na mesa bipou outra vez e a voz de Scrum crepitou:

— Capitão! Estamos entrando na órbita de Auros...

Tanto Bowman quanto o Doutor perceberam o tom estranho e ansioso.

— O que foi? — perguntou o capitão.

— Há algo errado — respondeu Scrum, com voz trêmula. — Muito errado. É melhor vir dar uma olhada, chefe. Auros está em chamas.

# Capítulo 7

Auros queimava. Da ampla janela a bombordo, a tripulação da *Peregrina*, descrente e horrorizada, observava a superfície do planeta estremecer e rachar, a lava derretida irromper da crosta estilhaçada, incinerando tudo no caminho, enchendo a atmosfera de gases tóxicos.

Aquele mundo havia sido uma colônia humana típica, localizada em uma biosfera temperada próxima de seu sol, com uma pequena lua. Era um belo planeta, com florestas tropicais, montanhas, desertos, pradarias e oceanos, e os humanos foram para lá aos rebanhos, ansiosos para escapar da Terra superpopulosa.

O Doutor desviou o olhar da devastação em andamento. Scrum estava pálido, com o rosto banhado em lágrimas.

— Alguma comunicação?

O técnico abanou a cabeça em negativa.

— Não estabelecemos contato com antecedência. Nem sempre somos bem-vindos.

— Tinha umas naves fugindo quando a gente chegou aqui — disse Vanguarda devagar. — Parece que teve evacuação. Algumas mandaram mensagens falando para irmos embora também. Auros já era.

— A última nave a sair disse para batermos em retirada — acrescentou Scrum em um sussurro. — Disseram que os Daleks estavam chegando.

Um calafrio espalhou-se pela *Peregrina*, e até Koral, cujos olhos estreitos e ardentes observavam das sombras, aproximou-se dos outros.

Jon Bowman ficou atrás de todos, como a estátua de um deus ancestral vigiando o inferno. O rosto pétreo refletia o fulgor vermelho-alaranjado do planeta em agonia.

— Já vi isso antes — observou entre dentes. — É o Princípio de Osterhagen.

— Sabotaram o próprio mundo — explicou o Doutor em resposta ao olhar interrogativo de Scrum. — Há uma rede de dispositivos nucleares espalhados pelo planeta, enterrados bem fundo. Um mecanismo de autodestruição.

— Foi criado para evitar que o inimigo tomasse posse do planeta — afirmou Bowman. — Se todo o restante falhasse.

— Sei para que serve — retrucou o Doutor friamente. — Foi inventado na Terra há mais de quinhentos anos. Foi uma má ideia na época e continua sendo agora.

Vanguarda afastou-se da janela, esfregando a cabeça raspada, confuso. No começo, pareceu sem palavras, mas depois disse:

— Ei, devem ter feito isso por um bom motivo, cara.

— Você ouviu o que eles disseram — argumentou Scrum. — Os Daleks estão chegando. Talvez assim a população tenha tempo de escapar.

— É — concordou Vanguarda. — É, pelo menos assim os Daleks não ficam com o planeta.

Vanguarda estava desesperado para entender o que via, para encontrar uma forma de aceitar a terrível destruição que consumia a superfície carbonizada do planeta abaixo. Já o Doutor, tudo o que ele sentia era a bile subindo pela garganta, uma repulsa decidida que ele não conseguia conter.

— É um desperdício, uma estupidez — disse ele. — Só fizeram o trabalho dos Daleks. Eles teriam destruído o planeta do mesmo jeito. Agora nem precisam se dar o trabalho.

Scrum fulminou o Doutor com o olhar, e havia ódio em seus olhos lacrimejantes.

— Não diga isso. — Ele gemeu.

— Sinto muito — respondeu o Doutor em voz baixa. — Mas é o que os Daleks fazem.

— Não aguento mais olhar para isso — disse Scrum.

Ele deu as costas à janela e apoiou a cabeça na parede. Seu corpo todo tremia.

— Calma, camarada — disse Vanguarda, pousando a mão no ombro do amigo e lançando ao Doutor um olhar venenoso.

— Satisfeito? — indagou Bowman, irritado. — Primeiro Stella, agora o mundo natal dela. O que está havendo?

— Não sei — respondeu o Doutor e voltou-se para a janela mais uma vez, tentando evitar os olhares acusadores da tripulação. Na superfície do planeta, vastos trechos de terra carbonizada se desmanchavam em mares de lava fervente. — Mas não foram os Daleks que fizeram isso.

— Como assim?

— Foram seres humanos — afirmou em tom fúnebre, os olhos grandes e escuros fixos no planeta. — Todas essas cidades, casas, fazendas e campos... a suma do empreendimento humano em um mundo novo e belo. Tudo se foi, deliberadamente destruído. Um ferimento autoinfligido.

Bowman perdeu a calma.

— Que escolha eles tinham? Auros é longe demais do Comando da Terra para que possam proteger o planeta contra uma frota de naves de guerra dos Daleks. *Essa* era a única forma de protegê-los. A única. Você não enxerga isso?

— Tudo o que vejo é um planeta em chamas e nenhum Dalek à vista.

— Então os sobreviventes devem saber que tiveram sorte.

O Doutor desviou o olhar do mundo agonizante. Fitava o nada, pensando em todas as possibilidades. Em seguida, bateu a mão na cabeça e gritou:

— É claro!

Os outros o encararam.

Ele arregalou os olhos, tomados por uma percepção súbita e aterradora.

— Ah, não. Ah, não, não, não...! — Passou empurrando Bowman e correu para a cabine de comando. — Precisamos contatá-los... avisá-los! Rápido!

Bowman concordou com um gesto de cabeça, e Vanguarda e Scrum obedeceram, indo atrás do Doutor.

— O que foi? — questionou Vanguarda quando chegaram à cabine de comando. O Doutor revirava os controles, pulando de um painel para outro, acionando interruptores e espancando botões em uma velocidade frenética. — Ei... o que está fazendo, cara?

O Doutor estava praticamente arrancando os cabelos.

— Estou tentando travar contato com os refugiados — explicou rapidamente. — Deve haver um sistema transceptor de longo alcance a bordo de uma nave como esta... mas onde? Esta coisa foi consertada, reformada e modificada mais vezes que a minha TARDIS!

— Aqui — disse Scrum, assumindo uma das cadeiras da cabine e ativando uma unidade de controle. — É um transmissor de dados de hiperlink recuperado de um velho encouraçado draconiano. Ele pode acessar praticamente qualquer sinal de comunicação.

— Brilhante! — O Doutor colocou os óculos e estudou o console por cima do ombro de Scrum. — Mande um feixe de amplo alcance, mas confunda o sinal. Não queremos ficar mais visíveis do que o necessário, não é?

— O que está havendo? — perguntou Bowman ao entrar no deque de comando. Koral vinha a seu lado, uma sombra entre sombras.

— Temos que avisar as pessoas que saíram de Auros — respondeu o Doutor sem olhar para o capitão. — Dizer para darem meia-volta e irem para casa.

— O quê? — Vanguarda franziu o cenho. — Você deve estar brincando, cara...

— A casa delas está queimando — retrucou Bowman. — Estão fugindo, tentando ficar o mais longe possível dos Daleks.

— Estão? — O Doutor arrancou os óculos e encarou o capitão. — Lembre, é dos Daleks que estamos falando. Eles não deixam as pessoas fugirem. Não é da natureza deles.

Nesse instante, Bowman entendeu.

— Os Daleks vão emboscar a frota. É uma armadilha. — Ele se voltou para Scrum e vociferou: — Pelo amor de Deus, homem, faça contato agora!

— Estou trabalhando nisso — assegurou o técnico. Seus dedos voavam pelos controles de comunicação, as lágrimas esquecidas enquanto ele se concentrava na tarefa. — Aqui estamos nós. Parece que eles saíram de Auros em naves comerciais de passageiros, cargueiros e algumas naves particulares. Um comboio carregando toda a população.

— Como podem ter organizado tudo isso tão rápido? — perguntou Vanguarda.

— É provável que não haja tantos deles assim em termos planetários — respondeu o Doutor. — Apenas uns poucos milhares. Deviam morar perto da principal base de lançamento espacial ou possuíam as próprias naves. Além disso, o medo é uma grande motivação. Depois que a contagem regressiva das bombas de Osterhagen começou, aposto que fizeram tudo bem depressa.

O rosto de Bowman era uma máscara severa à luz do painel de controle.

— Depressa demais — resmungou.

— Ainda não entendo... — começou Vanguarda.

— Shh — fez Scrum. O painel emitiu um chiado de estática. — Consegui... hackeei a rede de comunicação do comboio de Auros.

O Doutor se inclinou e agarrou a haste flexível do microfone.

— Comboio de Auros! Estão ouvindo? Aqui é a *Peregrina* chamando o comboio de Auros... Estão ouvindo?

Uma explosão de estática.

— Aqui é o comboio de Auros. — A tela se acendeu, estremecendo, e surgiu a imagem granulada de uma mulher com ar cansado e ansioso. — Sou Vanessa Lakestaad...

— Ouça... — começou o Doutor.

— Vocês querem se juntar à frota?

— Não, ouça...

— Não tem como errar — disse ela. — Só neste comboio há quase quatrocentas naves...

— Pare! — gritou o Doutor. — Volte!

— Desculpe, a transmissão está falhando — informou a mulher, franzindo o cenho. A imagem tremeu. — Há outro sinal interferindo no seu. É muito forte...

O Doutor apertou o microfone até os nós dos dedos ficarem brancos.

— Volte! — repetiu ele. — Mande a frota se separar! Espalhem-se! Fujam para salvar a vida de vocês!

— O quê? Não estou ouvindo. Espere... é aquele outro sinal de novo. Está se sobrepondo ao seu.

Ouviu-se um estalar alto nas caixas de som. Scrum se encolheu quando, de repente, a imagem virou um zigue-zague e desapareceu.

— Perdemos contato... — Ele ajustou alguns controles. — Ainda podemos ouvi-los, mas eles não podem nos ouvir. Alguém está bloqueando nosso sinal.

A voz da mulher ressurgiu, alta e clara, quase como se ela estivesse ali com eles no convés de comando da *Peregrina*.

— Nave não identificada, aqui é Vanessa Lakestaad, líder da frota de refugiados de Auros. Nosso mundo foi destruído. Estamos fugindo para salvar nossa vida. Por favor, identifique-se.

Houve uma longa pausa. Em seguida, uma voz áspera e dura soou na cabine:

— **SOBREVIVENTES DE AUROS! PRESTEM MUITA ATENÇÃO!**

— Ah, meu Deus — sussurrou Scrum.

O Doutor cobriu a boca com a mão, emudecido de terror, quando a imagem na tela lentamente assumiu a forma familiar da cabeça de um Dalek. O olho brilhava em azul-vivo, ocupando quase toda a tela.

— **NÓS SOMOS OS DALEKS! SEUS ESFORÇOS PARA ESCAPAR SÃO INÚTEIS! PREPAREM-SE PARA A RENDIÇÃO.**

— Por favor — respondeu Vanessa. A voz agora soava baixa e amedrontada, quase infantil. — Vocês... vocês precisam nos deixar passar. Somos uma frota de refugiados com destino aos Mundos Internos. Não podemos...

A voz metálica a interrompeu:

— **SILÊNCIO! VOCÊS NÃO AVANÇARÃO MAIS. O COMBOIO ESTÁ CERCADO.**

— Não, por favor, não podem fazer isso! Não podem! Não queremos lutar! — Um soluço interrompeu as últimas palavras da mulher. — Não podemos lutar. Não podemos...! Somos apenas naves particulares e comerciais. Somos toda a população de Auros. Solicitamos status de refugiados...

— **SILÊNCIO! VOCÊS DESTRUÍRAM O PRÓPRIO PLANETA E FUGIRAM PARA O ESPAÇO.** — A voz do Dalek ficava mais estridente à medida que ele se agitava. — **AGORA SÃO PRISIONEIROS DOS DALEKS!**

— Não entendo... — começou Vanessa.

— **A ESPAÇONAVE SERÁ ABORDADA E OS PASSAGEIROS SERÃO LEVADOS COMO PRISIONEIROS. QUALQUER TENTATIVA DE RESISTIR E VOCÊS SERÃO EXTERMINADOS.**

— Não! Vocês não podem!

A voz do Dalek prosseguiu:

— **COMO EXEMPLO PARA O RESTANTE DA FROTA DE REFUGIADOS, SUA NAVE AGORA SERÁ DESTRUÍDA.**

— Por favor, não… — sussurrou Vanessa.

Scrum girou no assento e olhou para Bowman.

— Precisamos fazer alguma coisa!

Mas o capitão apenas fitava o painel de comunicações, completamente impotente.

O Doutor fechou os olhos.

— Por favor… tenham misericórdia de nós — pediu a mulher, chorando. — Eu imploro…

— **EXTERMINAR!** — guinchou o Dalek.

Ouviu-se em resposta um uivo que ecoou pela cabine de comando como um grito apavorante. Então, abruptamente, o sinal desapareceu e o ar foi tomado por ruído branco. A imagem do Dalek foi sumindo lentamente na tela.

Scrum enterrou a cabeça nas mãos. Vanguarda soltou um palavrão, cabisbaixo. Koral se aproximou de Bowman, que ali ficou, parado como um rochedo, os olhos apertados parecendo duas fendas cinzentas, como se o olhar pudesse perfurar as paredes da nave e enxergar o espaço além, onde estivera a frota de Auros.

O silêncio era total a bordo da *Peregrina*. O Doutor desligou delicadamente o rádio.

— Mortas… — murmurou Scrum. — Aquela mulher… Todas aquelas pessoas… simplesmente… mortas. *Massacradas*.

Bowman pousou os olhos severos e frios no Doutor.

— Você sabia que isso ia acontecer.

— Imaginei — respondeu o Doutor em voz baixa. — Os Daleks sabiam que os sobreviventes fugiriam. Só tiveram que deixar as naves Daleks prontas para interceptar o comboio. Muito mais rápido e fácil que atacar o planeta em si. Matam os líderes e aprisionam o restante.

— Eles não tiveram a menor chance.

— Não — concordou o Doutor. — Não tiveram.

Os lábios do capitão se apertaram em uma linha fina e sinistra. O rosto estava pálido de raiva.

— Tem algo acontecendo aqui que não entendo. Primeiro os Daleks aparecem em Hurala, bem no meio do nada. E agora isso. Fizeram milhares de prisioneiros de guerra de uma vez só. Por quê? O que está havendo?

— Não sei.

Bowman agarrou o Doutor pela gola do terno e o encurralou na parede.

— Pro inferno que não sabe! — rugiu ele. — Você nunca viu Auros antes! Campos, oceanos e céus azuis! Homens, mulheres e crianças! Eles tinham *tudo*!

— Eu lamento...

— Lamentar não basta! — O capitão o jogou para o outro lado, arremessando-o pela cabine. O Doutor se chocou na porta e escorregou para o chão, encolhido. — Lamentar não chega nem perto.

Devagar e dolorosamente, o Doutor ficou de joelhos. Parecia que cada osso do corpo ainda vibrava com o impacto na parede, e a boca doía. A frente do terno, onde os punhos gigantes de Bowman o haviam segurado, estava amarrotada.

— Nem se levante — disse o capitão em um rosnado ameaçador —, se não quiser que eu o derrube de novo.

O Doutor levou um dedo ao lábio. Estava cortado e havia sangue.

— Você sabe mais do que diz — insistiu Bowman. — Sabe tudo sobre o que está acontecendo. Não sabe?

Scrum e Vanguarda assistiam à cena. O primeiro parecia nervoso, mas o segundo sorria.

— É melhor contar o que sabe, cara, senão a gente vai ter que obrigar você.

O Doutor se levantou lentamente. Bowman era alto, mas o Doutor conseguia olhá-lo nos olhos. E foi o que fez, inabalável, o olhar frio e firme.

— Pode me bater se quiser — disse ele. — Aqui e agora. Vá em frente. Dê seu melhor. Se ajudar, seus amigos ali podem me segurar pelos braços. Que tal, colegas? Não?

Scrum abanou a cabeça, negando, e até Vanguarda baixou os olhos.

— Pare de desperdiçar meu tempo — ordenou Bowman.

— Eu nunca desperdiço tempo. Então, vamos. Estou aqui! — O Doutor abriu os braços. — Use os punhos, faça um estrago. Livre-se da raiva e da frustração. Não se segure, Bowman, eu sequer estou armado. Sou só um cara magricela de terno. Qual é o problema? Aqui, vou facilitar para você, que tal? — Ele colocou os óculos. — Pronto! Agora, vai, Bowman! Me acerte na cara! *Acabe comigo!*

O Doutor estava praticamente gritando no rosto dele. O capitão da *Peregrina* o encarou, imóvel, mas os músculos da mandíbula e do rosto estremeciam de raiva.

Koral então se pôs entre eles.

— Já chega. Todos lamentamos o fim de Auros. Deveríamos combater os Daleks, não uns aos outros.

Houve uma pausa longa e mortal.

Em seguida, o Doutor fechou lentamente os óculos e os guardou.

— Obrigado.

Bowman ainda fervia de ódio, mas, de alguma forma, Koral havia conseguido impedir que ele perdesse completamente o controle. Ele olhou o Doutor com desprezo.

— O que os Daleks estavam fazendo em Hurala? O que estão tramando? Tropeçamos em algo grande aqui, e acho que você sabe o que é.

Todos os olhos se voltaram para o Doutor.

— Eu não sei — respondeu ele. — Sério, não sei. Nem deveria estar aqui. Estou na hora e no lugar errados, tudo de uma vez. Na verdade, estou na hora e no lugar errados de formas que vocês nem imaginam.

— Você sempre fala assim — resmungou Vanguarda. — Não faz sentido.

— Só quero saber o que os Daleks estavam fazendo na estação Lodestar em Hurala — repetiu Bowman, cansado. — Só isso.

Scrum pigarreou.

— Na verdade, capitão, acho que talvez eu conheça um jeito de descobrir.

Ainda estava frio no compartimento de carga, e o Dalek continuava congelado.

Mas não tanto quanto antes.

Agora havia um fio constante de água gotejando pelos ombros segmentados, pingando da arma e do desentupidor no braço, formando uma poça no chão. A cúpula da cabeça estava quase completamente livre do gelo.

— O que está acontecendo? — perguntou Bowman.

— Ele está descongelando — respondeu o Doutor, com os olhos arregalados e nervosos.

— Ninguém perguntou nada a você — retrucou o capitão, e voltou-se para Scrum: — Achei que ele estivesse morto.

— Talvez ainda esteja — respondeu o técnico, rodeando o Dalek devagar, examinando o invólucro. — Talvez isso seja algum tipo de reação automática da armadura.

— Mas?

— É — comentou Vanguarda. — Também sinto que tem um baita "mas" aí.

— *Mas*... eu estava pensando... — disse Scrum — A armadura na verdade é um sistema de suporte de vida. Talvez a criocarga não tenha matado a criatura lá dentro, apenas congelado. É exatamente o que uma criocarga faz, afinal.

— Espere — interrompeu o Doutor e aproximou-se, ficando bem diante do Dalek. Então hesitou, quase como se tentasse convencer a si mesmo do que deveria fazer a seguir. Tirou um velho estetoscópio do bolso do paletó, pendurou-o nas orelhas e encostou a outra ponta na armadura do Dalek muito, muito suavemente.

Todos ficaram em silêncio. Só se ouviam o ronco firme dos motores da nave ao fundo e o gotejar ocasional do gelo.

O Doutor fechou os olhos, concentrado. Moveu o estetoscópio para outra área da armadura e ouviu outra vez. Então, finalmente, experimentou colocá-lo na grade negra entre os anéis de bronze do pescoço.

Os olhos do Doutor se abriram de repente, as pupilas dilatadas.

Ele se endireitou e recuou, afastando-se rapidamente do Dalek.

— Está vivo — sussurrou. — Lá dentro. Ainda está vivo.

— Eu sabia — murmurou Scrum. Seus olhos se iluminaram de uma forma estranha enquanto ele observava a criatura maquinal. Mais água escorria agora por entre os globos congelados na base.

— Está descongelando. A armadura está fazendo isso automaticamente.

— Essa é uma má notícia, cara — disse Vanguarda.

— Péssima — confirmou o Doutor. — Ele ainda não está forte o bastante para controlar o maquinário, mas vai ficar…

— Não estou interessado em sua opinião, Doutor — disse Bowman. — Só sei que conseguimos capturar um Dalek vivo. Não conheço ninguém que já tenha feito isso.

— É melhor que isso — acrescentou Scrum, animado. — Ele está se descongelando bem devagar. Está totalmente sob nosso controle. Se desativarmos os armamentos e o sistema de autodestruição, podemos torná-lo completamente inofensivo.

O Doutor franziu o rosto para ele.

— Um Dalek jamais fica completamente inofensivo.

— Então, o que você sugere, Scrum? — perguntou o capitão.

— Sugiro que a gente abra essa coisa e faça umas perguntas — respondeu o técnico.

# Capítulo 8

A *Peregrina* subitamente se transformou em uma colmeia em atividade. Scrum e Vanguarda trataram de prender o Dalek, levando, com ar de urgência profissional, equipamentos e ferramentas para o compartimento de carga.

O Doutor alcançou Bowman no corredor a caminho da cabine.

— Você não pode estar falando sério.

— Estou falando muito sério — respondeu ele por cima do ombro. — Esta é uma oportunidade preciosa para obter informações em primeira mão de um verdadeiro Dalek. Ninguém nunca fez isso.

— É uma oportunidade de causar a nossa *morte*, isso sim — argumentou o Doutor. — Por que simplesmente não leva essa criatura para o Comando da Terra? Deixe que eles se livrem dela.

— Sem chance. O Comando da Terra está muito longe daqui. Estamos no espaço sideral, Doutor. Aqui ninguém pode ouvir suas queixas.

— Bowman, estou falando sério...

— Eu também. Estamos por nossa conta, Doutor. Somente nós e o Dalek. Esperei muito tempo por isso.

O Doutor soltou um suspiro irritado.

— Vocês estão mexendo com algo que não conhecem!

O capitão voltou-se para ele.

— Não — rosnou. — Conheço os Daleks bem até demais, Doutor. Passei a vida lutando contra eles. *Lutando*. Vi bons soldados e amigos serem mortos por essas coisas, vaporizados, como se nunca tivessem existido. Nós *todos* ouvimos os líderes de Auros sendo eliminados do espaço a sangue-frio...

— Acredite, ninguém conhece as coisas terríveis que os Daleks são capazes de fazer melhor do que eu, mas...

— É mesmo? — Bowman parou na porta da cabine e olhou desconfiado para o Doutor. — Aquela coisa matou Stella. E você sabe como funcionam aquelas armas Daleks, não é? Com potência total. Podem reduzir um ser humano a átomos em fração de segundo, mas eles nunca fazem isso. Todo Dalek baixa a potência da arma a um nível específico para matar um ser humano. Depois, ele baixa a potência só mais um pouquinho para que o feixe de energia queime o sistema nervoso central de dentro para fora, o que significa que cada ser humano morre agonizando. Então, um Dalek leva de dois a três segundos para exterminar um de nós... e faz isso *deliberadamente*.

— Eu sei — respondeu o Doutor. — Sei de tudo isso, mas ainda assim não significa que o que você está prestes a fazer seja certo. Não pode usar isso como desculpa para se vingar pela morte da Stella.

— Mas eu quero vingança — disse Bowman, sem pestanejar.

Vanguarda havia usado o elevador de carga para pendurar o Dalek de cabeça para baixo no teto. A base da armadura estava presa aos gigantescos suportes de metal do elevador. O Dalek pendia no meio do cômodo, a cúpula na altura da cabeça de Scrum.

— Perfeito — disse ele, erguendo os polegares. — Veja se consegue prender o braço agora.

Vanguarda estava parado junto ao painel de controle remoto do elevador. Alguns ajustes hábeis, e uma poderosa braçadeira de metal baixou para prender o braço de sucção do Dalek. Vanguarda aumentou a força até a braçadeira começar, muito lentamente, a amassar o tubo metálico que formava o braço, que ficou totalmente imobilizado.

A porta do compartimento de carga se abriu, e o Doutor entrou, com as mãos nos bolsos. Olhou para o Dalek suspenso e inclinou a cabeça para o lado, franzindo o rosto.

— Por que de cabeça para baixo?

— O campo de gravidade do elevador anula a unidade elevadora do Dalek — explicou Scrum, circulando a criatura, examinando com cuidado o pescoço e os ombros. — Também gerei um campo de interferência de ondas de rádio de alta frequência. Isso deve neutralizar a unidade motriz.

O Doutor assentiu, impressionado.

— É, pode funcionar. Já fiz isso algumas vezes. Vai interferir pelo menos nos sistemas de orientação e, talvez, na unidade motriz, mas não vai durar para sempre. Vocês vão ter no máximo dez segundos antes de ele achar uma forma de cancelar o campo de interferência.

— Não vamos precisar de mais que isso.

— Vocês sabem que isso é errado, não sabem? — perguntou o Doutor. Ele pegou algumas ferramentas em uma mesa próxima, analisou-as e as jogou de volta ao lugar. — Errado, errado, errado. Errado de muitas maneiras.

— A gente sabe o que está fazendo — respondeu Vanguarda, com desdém.

— E uma das muitas maneiras de isso ser errado — continuou o Doutor — é o fato de ser insana, óbvia e ridiculamente *perigoso*.

— Ei, somos caçadores de Daleks, cara. Ganhamos a vida assim. Scrum pensou em tudo.

O técnico limpou a garganta.

— Na verdade, eu esperava que você nos ajudasse, Doutor.

— Sem chance.

— Pode discordar do que estamos tentando fazer, mas com certeza vai querer garantir que o Dalek esteja realmente indefeso.

— Um Dalek jamais fica realmente indefeso. — O Doutor suspirou. Pensativo, franziu os lábios. Encheu as bochechas. Soltou o ar lentamente por entre os dentes e coçou a nuca. — Ah, está bem, mas que fique claro que não aprovo o que estão fazendo. Só não quero que ele frite meu sistema nervoso central de dentro para fora... nem o de vocês, aliás.

— Imobilizamos o Dalek e o braço dele. Ele também está cego, mas...

— Fique de olho naquele desentupidor — avisou o Doutor, tirando Scrum do alcance do Dalek. — Já vi essas coisas esmagarem tijolos *assim*, ó. — Ele fechou os dedos com força.

— Hã, valeu. Bom, como eu disse… o Dalek está cego…

— Visão prejudicada — murmurou o Doutor. — É como eles dizem. Mas não esqueça que ele tem sensores espalhados pelo corpo todo.

— A arma é que me preocupa.

— É, é melhor desativá-la. — O Doutor pôs os óculos e examinou a haste de arma. — O melhor é removê-la completamente.

— Isso é possível?

— Podemos tentar enquanto ele ainda está descongelando.

O Doutor puxou uma pequena escada portátil para poder ver a haste mais facilmente. Sacou a chave de fenda sônica.

— Há quatro pinos de trintílio galvanizado prendendo a armadura aqui, em torno da articulação esferoide. Viu? Temos que removê-los antes de cuidar do resto.

Os olhos de Scrum se arregalaram.

— Você consegue fazer isso?

— Vamos ver no que dá — respondeu o Doutor, ativando a chave de fenda.

Bowman guardava uma antiga garrafa de *branka* draconiana na cabine. Abriu a tampa de rosca e despejou um pouco em um copo descartável. Olhou a bebida por um segundo e depois a engoliu de uma só vez. O calor se espalhou pela garganta e pelo estômago, e ele fechou os olhos para apreciar o sabor. Em seguida, fez uma careta.

— Eca. Nunca gostei dessa coisa.

— Mas bebe mesmo assim? — Koral surgiu no feixe de luz formado pela luminária na mesa da cabine.

— Às vezes. — O capitão pousou o copo na mesa.

— Por quê?

— É tradição. Em momentos como esse, a gente precisa de coragem.

— A bebida lhe dá coragem?

— Não. Só me faz pensar que sou corajoso. Beba o bastante e vai pensar que tem toda a coragem do mundo.

— E se beber demais?

— Aí o que você pensa deixa de importar.

Ela se sentou na ponta da mesa.

— E quanto ao Doutor? O que acha dele?

— Não é óbvio? É um nerdzinho arrogante que acha que sabe alguma coisa sobre os Daleks.

— Talvez saiba.

Bowman a fitou com atenção.

— Acredita nisso?

— Ele não é como você, mas com certeza sabe muito sobre os Daleks.

— Por que diz isso?

— Por causa do medo nos olhos dele.

— Hum.

Bowman pegou outra vez o copo descartável e a garrafa. Koral segurou seu braço, impedindo-o de se servir outra dose.

— Quanto mais se sabe sobre os Daleks — disse ela —, mais se aprende a temê-los.

Com todo o cuidado, o Doutor ergueu a haste de arma do Dalek do encaixe. A grande esfera negra na base, que tornava a arma capaz de disparar em muitos ângulos, estava ligada ao interior da plataforma giratória por diversos cabos e tubos flexíveis.

— Segure firme — disse ele a Scrum, que tomou a haste nas mãos e observou o Doutor espiar dentro do encaixe aberto. — Você tem que cortar as conexões certas na ordem certa — disse, apontando a chave de fenda para dentro e fazendo várias incisões cuidadosas. Sua voz mal passava de um sussurro. — É como desarmar uma bomba.

— Então você já desarmou bombas antes, é? — perguntou Vanguarda, espiando por cima do ombro.

— Sim, várias. — O Doutor se concentrou na tarefa por mais alguns segundos e depois disse: — Aqui vamos nós! *Molto bene!* Vamos tirar!

Puxou os últimos cabos e a arma se soltou. Scrum a levou até uma bancada de trabalho (o objeto era mais pesado do que parecia), onde a baixou com cautela.

— Está certo em ser cuidadoso — disse o Doutor, aproximando-se. Estava enxugando as mãos em um trapo. — Há um reservatório de energia comprimida dentro da articulação. Ainda dá para disparar muitos tiros com essa coisa. — Ele apontou a chave de fenda sônica para a base do cano e um ruído agudo tomou o ambiente. Uma fumaça começou a sair da arma. — Pronto. — Ele desligou a chave de fenda. — Fundi os controles. Agora ela não mata mais.

— É fácil assim? — inquiriu Vanguarda, olhando do cano para a chave. — Com essa *quinquilharia* aí?

— Não é quinquilharia — retrucou o Doutor asperamente, e ergueu a chave de fenda, examinando-a. — Não tem nada de quinquilharia!

— Que seja. O que importa é que deu um jeito na arma do Dalek.

A expressão do Doutor endureceu e ele tirou os óculos.

— Só porque está desconectada do Dalek em si. Do contrário, a chave de fenda sônica não adiantaria nada.

Nesse momento, Bowman surgiu com Koral ao lado. Olhou para o Dalek pendurado de cabeça para baixo e depois para o Doutor.

— O que ele está fazendo aqui?

— Estava nos ajudando — respondeu Scrum.

O capitão pareceu cético, e o Doutor se apressou em negar:

— Ah, não. Não mesmo. Não estava ajudando...

— Estava, sim — insistiu Scrum, indicando o cano da arma sobre a bancada. — Eu não teria conseguido fazer isso sem ele.

— Não estou ajudando — replicou o Doutor com firmeza. — Só não quero que nenhum de vocês se machuque. — Olhou de relance para o capitão. — Bom, quase nenhum de vocês.

Bowman e Koral se entreolharam, mas nada disseram. Por fim, o capitão deu as costas ao Doutor e se dirigiu a Scrum:

— Em que pé estamos?

— Estamos prontos. A armadura está presa e desarmada. Podemos transmitir um campo de interferência para anular qualquer tentativa da criatura de ativar um mecanismo de autodestruição.

— Tudo o que a gente precisa fazer é abrir esse bicho — acrescentou Vanguarda.

Bowman caminhou devagar ao redor do Dalek, que estava completamente inerte. Nenhum dos apêndices restantes se mexia, nenhuma luz cintilava nos descarregadores de luminosidade da cabeça.

— Tem certeza de que a criatura ainda está viva aí dentro?

— Só tem um jeito de descobrir — afirmou Scrum.

— Muito bem — concordou Bowman. — Vamos em frente. Tenho algumas perguntas que precisam de respostas.

— Não vai funcionar — disse o Doutor, apoiado no batente da porta, de braços cruzados. — Não faz sentido interrogar um Dalek. Ele não vai dar nenhuma informação. Não há nada que vocês possam fazer para obrigá-lo a isso.

O capitão o encarou, erguendo a sobrancelha.

— Já tentou?

Uma pausa.

— Não.

Bowman voltou-se para Scrum.

— Abra.

Vanguarda ativou o laser e se aproximou.

— Espere! — gritou o Doutor. — Só mais uma coisa. Não esqueça que a máquina também é um sistema de suporte de vida. Se abrir, vai matar a criatura lá dentro.

O capitão deu de ombros.

— Como se eu ligasse.

— Isso é assassinato.

Todos os olhares se cravaram no Doutor, e ele soube exatamente o que estavam pensando. Mas foi Bowman quem disse em voz alta:

— E quanto a Stella? O que ele fez com ela foi o quê?

— Agora você virou simpatizante dos Daleks, é? — perguntou Vanguarda amargamente.

— Não. É que... — O Doutor respirou fundo. — Simplesmente não é certo. Não vou tomar parte nisso.

Bowman franziu o lábio, enojado, como se suas piores opiniões sobre o Doutor tivessem se confirmado. Voltou-se para os outros:

— Vamos prosseguir.

Vanguarda aproximou-se com o laser, mas Koral se adiantou e bloqueou a passagem. Intrigado, ele desligou o aparelho. O Doutor sentiu uma onda de esperança.

— Eu quero fazer isso. Pela Stella — disse ela, simplesmente.

— Tudo bem — consentiu Bowman. — Deixe-a fazer.

Garras metálicas irromperam da ponta dos dedos de Koral, brilhando à luz elétrica, afiadas como navalhas. Ela se aproximou do Dalek, estendendo a mão como se fosse uma faca, apontando os dedos para o centro de onde seriam os ombros da criatura. Era ali que as duas partes da plataforma de armas se uniam, e, abaixo delas, com a criatura suspensa de cabeça para baixo, estava o pescoço. Havia ali uma junção quase invisível, mais fina que um fio de cabelo. Os olhos vermelhos de Koral se estreitaram, concentrados, e, com força explosiva, seus dedos golpearam o Dalek. As garras penetraram o metal em um clarão furioso de fagulhas.

Não houve reação. O Doutor estava chocado e fascinado. Percebeu que as garras deviam ser duras como diamantes e incrivelmente afiadas, mas, mesmo assim... aquele tipo de esforço exigia concentração mental e força física imensas.

Koral inseriu as garras na fenda que havia aberto e então, de súbito e aparentemente sem esforço, começou a separar as duas partes. No começo, o metal protestou com um ruído áspero e pavoroso, mas depois, com um chiado alto, como de gás escapando, motores hidráulicos revelaram o Dalek no interior. Segmentos da armadura se separaram, movidos por dobradiças e válvulas.

A verdadeira criatura ficou visível. Era uma coisa pálida e úmida que se movia como uma lesma em meio ao maquinário exposto, retorcendo-se sob a luz.

— Tirem essa coisa daí — ordenou Bowman.

Scrum e Vanguarda pegaram um par de ripas metálicas compridas, como croques, e se aproximaram do Dalek.

— Não façam isso — pediu o Doutor.

Eles o ignoraram. Vanguarda, com uma expressão de asco, cutucou a criatura mutante algumas vezes. A coisa se encolheu no nicho que ocupava, mas não havia como fugir. Scrum, com mãos trêmulas, agachou-se e inseriu a ponta da ripa, tentando encontrar um ponto de apoio.

Então, gradualmente, a criatura começou a emergir enquanto eles a puxavam para fora como uma ostra da concha. O mau cheiro se alastrou pelo ambiente, um fedor de pura *maldade*, de algo podre trancado por muito tempo.

Por instinto, Scrum e Vanguarda recuaram. Se era medo ou um estranho tipo de respeito pelo prisioneiro, foi impossível saber. Vanguarda soltou a ripa e sacou a pistola, com um ar de nojo absoluto no rosto escuro e suado.

Koral observou com extrema cautela, pronta para atacar assim que necessário. Bowman apenas ficou parado, de braços cruzados e rosto impassível.

O Dalek vazou lentamente do ninho, deixando uma trilha de muco denso. Ouviu-se um som longo e obsceno de sucção, e, de repente, de uma vez, o resto da criatura emergiu. Surgiu um emaranhado de tentáculos escorregadios, alguns com mais de 1 metro. O Dalek não caiu no chão. Algo preso dentro da máquina, deixando o Dalek ficou pendurado, pingando limo, balançando de um lado para outro. Um dos tentáculos baixou até o chão e ali pousou, imóvel.

— Está morto? — perguntou Bowman.

— Baita perda de tempo — resmungou Vanguarda, baixando a pistola.

— Esperem — exclamou o Doutor, arfando. — Olhem...

Ele apontava para o centro da criatura. Em meio aos apêndices oscilantes e cabos ainda conectando a carne à máquina, havia um olho.

E estava se abrindo.

# Capítulo 9

O olho era amarelo e raiado de sangue, com uma pupila negra.

Ninguém disse nada. O ambiente parecia quente e claustrofóbico, mais uma cela de prisão do que o porão de uma nave. Todos tinham a genuína sensação de estar testemunhando algo extraordinário.

O olho se contraiu, como se estivesse de alguma forma tentando focar algo, e começou a girar levemente na órbita.

— Cara — disse Vanguarda —, que bicho mais *feio*.

— Quieto — disse o Doutor em tom seco. — Aposto que seu rosto também não é o mais admirado de Skaro.

— Não, acho que esse deve ser o seu — retrucou Vanguarda.

— Só se for nos cartazes de "procurado".

— Calem a boca, vocês dois — ordenou Bowman. Ele adiantou-se e olhou para o mutante. — Consegue me escutar?

Ouviu-se uma resposta frágil, gorgolejante. De forma bizarra, as luzes na cúpula do Dalek piscaram, fracas.

— Ainda está conectado — percebeu Scrum, espiando mais de perto o ninho de fios e tubos que ia da carne trêmula da criatura para o interior da armadura.

— Para trás! — gritou o Doutor, puxando Scrum para um lado. Ao mesmo tempo, o desentupidor negro na ponta do braço imobilizado do Dalek flexionou-se de repente, como se tentasse agarrar a cabeça de Scrum.

— Opa! — Vanguarda sacou a pistola e a apontou para o olho da criatura. — Parado aí, garoto.

O desentupidor continuou a agarrar o ar. O braço trepidou no aperto firme do elevador de carga, e o Dalek emitiu um grunhido longo e grave, em desespero.

— É isso aí, cara — disse Vanguarda. — A gente pegou você pelo...

— Já chega — grunhiu Bowman. Então se voltou para o Dalek: — Você está a bordo da *Peregrina*. Sou o capitão Jon Bowman e esta é minha tripulação. Você é nosso prisioneiro.

— Acho que essa parte ele já sabe — comentou o Doutor.

— Fique fora disso — avisou o capitão.

— Não posso.

— Pode e vai. Se disser mais uma palavra, mando Vanguarda jogar você para fora. Entendeu?

Vanguarda lançou um olhar implacável ao Doutor para enfatizar a promessa.

— Você fez parte de um pelotão Dalek enviado ao planeta Hurala — prosseguiu Bowman, dirigindo-se ao mutante pendurado. — O que estavam fazendo lá?

— Ele não vai responder — declarou o Doutor.

— Vanguarda — disse Bowman.

O Doutor ergueu as mãos quando o tripulante avançou em sua direção.

— Ok, ok! Não falo mais nada... nem o Dalek.

Bowman abriu um sorrisinho.

— Veremos. Ei, Dalek. Sei que está me ouvindo. E sei que me entende. — O capitão se agachou para olhar o prisioneiro no olho. — Somos todos humanoides aqui e podemos ser razoáveis. A escolha é sua. Fale conosco, conte o que queremos saber e tudo vai ser mais fácil para você. Se não cooperar... bom, digamos apenas que não vai ser tão fácil. Não quero pegar pesado aqui, mas, se tiver que ser assim... vai ser.

O olho único do Dalek fulminou Bowman com um ódio feroz e palpável, mas nada disse.

— Essa é sua resposta final?

O olho se fechou.

— Certo — disse o capitão, ficando de pé. — Trouxe aquele equipamento que pedi, Scrum?

O técnico empurrou um carrinho de instrumentos para a frente. Na bandeja havia diversas ferramentas.

— Não pode estar falando sério — disse o Doutor.

— Você sabe que estou — afirmou Bowman, sombrio.

— Não posso permitir isso.

O capitão ergueu a sobrancelha.

— Você não está no comando aqui, Doutor. Eu estou. Quero respostas desse filho da mãe horroroso e vou obtê-las... quaisquer que sejam os meios necessários.

— Você é melhor que isso, Bowman! — argumentou o Doutor de maneira impetuosa. — Você é humano! Não faça isso. Defenda aquilo em que acredita.

— Estou defendendo a memória da Stella. Estou defendendo as pessoas de Auros. E você, está defendendo o quê, Doutor?

— Algo melhor que *isso*! — O Doutor apontou para o mutante. — Humanidade!

— Bom, esse é um artigo muito valioso. — O capitão suspirou. — Mas não vale nada para os Daleks. Eles só querem erradicar a humanidade. E vão fazer qualquer coisa para alcançar esse objetivo. Você sabe disso. Para nos destruir, eles não vão parar por nada, e, se eu quiser impedi-los, também não posso parar.

— Esse é um Dalek só. Está praticamente indefeso.

— Então acho que é meu dia de sorte. — Bowman pegou um dos instrumentos na mesa e o ligou. Uma fagulha de energia saltou da ponta. — Esse Dalek pode me contar tudo o que preciso saber. Agora, você pode ficar aqui e assistir ou se retirar, caso não tenha estômago para isso.

— Se arriscar sua humanidade agora, Bowman, então o Dalek já venceu antes mesmo de você começar.

Por um segundo o capitão pareceu indeciso. Olhou para a ponta do bastão de energia, franzindo o cenho.

— Sinto muito, Doutor — disse, por fim. — Neste momento, a *humanidade* é um luxo que não me cabe.

— Não vou deixá-lo fazer isso! — exclamou o Doutor.

— Ah, vai sim — disse Vanguarda, levando a arma à cabeça dele. — Mais uma palavra e abro uma janela na sua testa.

O Doutor olhou-o com frieza. Em seguida, voltou-se para Scrum.

— E você, Scrum? Vai participar disso também?

— Você sabe que vou — respondeu o técnico em um sussurro. Então desviou o olhar. — Saia logo, Doutor, enquanto ainda pode.

O Doutor respirou fundo, percebendo que havia sido derrotado. Koral o observava do outro lado da cela, mas seu olhar era imperscrutável.

Por fim, ele olhou para o Dalek. Houve um leve gorgolejar, menos que uma tosse, e as luzes da cúpula faiscaram uma vez. Pode ter sido uma reação nervosa, ou uma tentativa de agradecer, ou até um insulto. Pode ter sido qualquer coisa.

Com os lábios apertados, o Doutor saiu da sala e a porta se fechou atrás dele, com um sibilo.

Ele andou de um lado para outro no corredor, fervendo de raiva. Raras vezes havia se sentido tão impotente. De todas as dificuldades que já encarara, de todos os confrontos estranhos e mortais que tivera com criaturas, alienígenas e monstros, foi um bando de humanos que finalmente o deteve. Estúpidos, teimosos e irritantes *humanos*!

Sentia-se incrivelmente só, e não pela primeira vez. Ansiava por alguém como Martha ou Donna, alguém que o entendesse e o ajudasse. Pensou em Stella e uma profunda tristeza o tomou de repente, como uma onda. Ela teria entendido. Teria ajudado.

Com um suspiro fundo, o Doutor se apoiou à parede diante da porta do compartimento de carga. Ouvia vozes lá dentro, mas não entendia o que diziam. Sabia que o Dalek não falaria. Que talvez nem *conseguisse* falar; não havia como saber quão danificado estava depois de ser atingido pela criocarga ou se fora prejudicado pelo processo de degelo. Talvez fosse pouco mais que um vegetal naquele momento, incapaz de pensar ou agir.

Queria que o Dalek estivesse morto.

— *Pense!* — ordenou a si mesmo, apertando as têmporas com os punhos cerrados, esfregando-as para a frente e para trás. Precisava fazer alguma coisa. *Qualquer coisa*. Devia haver uma forma de detê-los.

Tomado pela súbita necessidade de agir, partiu para a cabine de comando. Talvez pudesse tomar o controle da nave e forçá-los a parar. Ou desviar toda a energia do compartimento de carga para outra parte a fim de que nenhum dos instrumentos e ferramentas funcionasse.

Já estava pegando a chave de fenda sônica no bolso quando a porta se abriu. Ele olhou para trás, surpreso e esperançoso.

Era Koral. A porta chiou atrás dela, fechando-se, e ela foi na direção do Doutor.

— Fui mandada aqui para impedir que você faça alguma bobagem.

— Quem está fazendo bobagem não sou eu.

— Largue o dispositivo sônico.

Ele a encarou com uma súplica no olhar.

— Koral... você pode impedir essa loucura. Sabe que pode.

— Talvez. Mas não quero.

— Mas Koral...

— Sem "mas". — Ela ergueu a mão e as garras de aço saltaram. — Seria muito mais sensato fazer o que peço.

— Seria? — Os ombros do Doutor caíram em derrota e ele guardou a chave de fenda no bolso. — Tudo bem. Você foi bem clara.

Ela esboçou um sorriso quando retraiu as garras.

— Bowman imaginou que você tentaria sabotar a nave ou detê-lo de outra forma.

— Ele tinha razão.

— Vou garantir que isso não aconteça.

O Doutor não respondeu. Apenas baixou o olhar quando ambos ouviram o crepitar agudo e galvânico do bastão de energia sendo ativado, o som levemente abafado pela pesada porta do porão.

Ele fechou os olhos.

Então ouviu um grito de dor, estridente, pavoroso, quando o bastão foi usado no Dalek. Seguiu-se um gemido longo e involuntário de alívio quando a agonia cessou.

Koral manteve o olhar firme, completamente impassível.

O Doutor deixou-se cair no chão, as mãos na cabeça.

# Capítulo 10

Os gritos prosseguiram por mais um minuto até o Doutor ceder. Ele se levantou de um salto e lançou-se à porta do compartimento de carga, mas Koral chegou antes, as garras de aço na garganta dele. O Doutor as sentiu frias e afiadas em sua pele.

— No meu mundo natal, Céu Rubro Perdido, caçávamos as feras koogah sozinhos. Toda koogah tinha um couro grosso e blindado, além de presas venenosas, e nós a respeitávamos como uma inimiga formidável. Foi por isso que desenvolvemos essas garras.

— Muito úteis, tenho certeza. — O Doutor não mexeu um músculo.

— Com elas, eu conseguia rasgar uma koogah adulta ao meio em um só golpe. Estou acostumada a violência extrema e a derramamento de sangue. Você significa menos para mim do que uma fera koogah, Doutor. Não hesitaria em matá-lo, se precisasse.

— É, percebi. — Com muito cuidado, ele se afastou da porta, com as mãos erguidas. — Mas me diga uma coisa, Koral: quando caçava essas tais koogah... você também as torturava?

Ela não respondeu. Ouviam apenas o crepitar do bastão de energia.

O Doutor se apoiou à parede oposta.

— Então, o que vamos fazer agora? Ficar aqui ouvindo aquela criatura berrar até morrer?

— Se for necessário, sim.

— Mas simplesmente não é. — Os dentes dele rangiam ao articular cada palavra. — *Não* é necessário.

— A destruição de Céu Rubro Perdido também não foi! — Era a primeira vez que o Doutor via Koral perder a calma, ainda que levemente. — Os Daleks aniquilaram meu planeta. Massacraram tudo e todos. Genocídio!

— São mestres no assunto.

— E você espera que eu fique quieta e os deixe escapar impunes? — Ela o olhou, fervendo. — Sou a única sobrevivente! A última do meu povo! Depois de mim, não há *nada*.

— Sim — concordou o Doutor, com tristeza. — Eu sei.

Ela abanou a cabeça em negativa.

— Não, você não sabe.

O Doutor se aproximou de novo, olhando diretamente naqueles olhos flamejantes sem vacilar.

— Me deixe voltar lá para dentro, Koral. Impeça o capitão de rasgar a criatura em duas e *me deixe* falar com o Dalek.

— Você?

— Sim! *Eu* posso fazê-lo falar!

O corredor voltou a se encher de gritos. Algo denso e úmido borbulhava nas cordas vocais do Dalek, ou o que quer que ele usasse para falar, e o som de repente foi sufocado, substituído por um ganido patético e ululante.

— Se não for tarde demais — insistiu o Doutor —, posso fazê-lo falar. Sei como arrancar as informações dele.

— Você está blefando.

O Doutor nem mesmo piscou.

— Confie em mim!

Seguiu-se um silêncio cheio de possibilidades. No fim, foi rompido pelo som da porta do compartimento de carga se abrindo.

O Doutor e Koral se separaram rapidamente, como amantes pegos em flagrante, mas ninguém prestou atenção neles.

Bowman surgiu na porta. Os ombros largos estavam caídos e o rosto, suado. Veio do porão uma camada de ar quente, carregando um odor indescritivelmente fétido.

— Acabou — rosnou ele. — Está morto.

Scrum e Vanguarda apareceram atrás do capitão. O técnico estava pálido e parecia enjoado. O rosto de Vanguarda estava marcado pelo que poderia ser desgosto ou medo. Ainda segurava a ripa de metal, cuja ponta estava coberta por uma linfa verde e pegajosa.

Bowman marchou pelo corredor, mandando Scrum acompanhá-lo como um cão obediente. Vanguarda parou, erguendo a cabeça para encarar o Doutor.

— Se servir de consolo — murmurou —, você tinha razão. Ele não disse uma palavra.

O Doutor apenas o fitou com desprezo.

Vanguarda voltou-se para Koral.

— O capitão quer todo mundo na cozinha — disse a ela. — Reunião de equipe.

A porta do compartimento de carga permaneceu aberta. O interior estava escuro, exceto pelo fulgor vermelho baço das luzes de emergência. O Doutor imaginou que o bastão de energia de Bowman tivesse fundido os circuitos de iluminação em algum momento. Naquele instante, o porão parecia uma versão em miniatura do inferno.

Ignorando o mau cheiro, ele entrou.

O que restava do Dalek jazia no chão aos pés da armadura pendurada. Era bem pequeno: a membrana cerebral distendida parecia um melão podre em uma poça de gosma escura. Parte dos braços tentaculoides se enrolara ao redor da carcaça, enquanto os outros estavam pelo chão como vermes mortos, decepados do corpo.

Havia muito mais fios e cabos pendendo da armadura do Dalek, evidência do que Scrum e Vanguarda deviam ter feito para arrancar a criatura da casca. Fios de limo viscoso pendiam como a saliva de uma estranha fera de metal que tivesse acabado de vomitar no chão o conteúdo semidigerido do estômago.

O Doutor se ajoelhou cuidadosamente junto à criatura morta e pôs os óculos. Era difícil enxergar claramente sob o vermelho das luzes de emergência, mas havia algo que o instigava a dar uma última olhada. Era impossível confiar em um Dalek, mesmo morto.

Quase imperceptivelmente, o olho único se contraiu.

— Você ainda está vivo. — O Doutor arfou. Sua voz não passava de um suspiro admirado.

O olho se fechou lentamente.

— Ah, vamos — disse o Doutor. — Não pode me enganar.

O olho voltou a se abrir, virando-se agitado na órbita quebrada, até se fixar no Doutor. Não houve nenhuma indicação de que a criatura conseguisse ver, muito menos focar. Talvez estivesse apenas registrando o som da voz.

— Sou eu — disse o Doutor. — A Tempestade que se Aproxima.

O olho se abriu um pouco mais, e a pupila negro-avermelhada no centro se retraiu. Um gorgolejo indistinto emergiu levemente dos restos brilhantes.

— Ou talvez você me conheça apenas como o Doutor.

Outro gorgolejo.

— Esse é o problema de saltar as linhas temporais — afirmou ele, sentando-se no chão. — É difícil descobrir aonde estamos indo. A história dos Daleks já era bem confusa antes da Guerra do Tempo.

— **DOU... TOR...**

Os cabelos na nuca do Doutor chegaram a se arrepiar. Ele engoliu em seco, momentaneamente sem palavras. Por fim, respondeu apenas:

— Sim?

— **SÓ... NO... FIM... VOCÊ VEM.** — O Dalek estremeceu com o esforço para falar, embora fosse difícil entender as palavras. — **PARA... TRIPUDIAR.**

— Não. — O Doutor balançou a cabeça. — Não, não vim tripudiar.

— **ENTÃO... ME... MATE.**

— Não posso.

— **COVARDE.**

— Não é preciso lutar comigo — disse o Doutor.

— **ENTÃO... POR QUE VEIO?**

— Não para isso. Você está acabado. Até você tem que admitir isso.

— **DALEKS... NUNCA... DESISTEM.**

— Esse é o problema. Não dá para argumentar com vocês. São obcecados. Aposto que, se ainda pudesse usar a arma, você me exterminaria agora mesmo.

— SIM!

— Quando qualquer criatura sã imploraria pela própria vida. Por misericórdia.

— DALEKS NÃO IMPLORAM.

— Eu sei. Mas você poderia ter se poupado muito aborrecimento se tivesse falado mais cedo. Bowman só queria conversar.

— BOWMAN...?

— O homem que estava... interrogando você.

— ELE FALHOU. — Havia um toque de triunfo na voz áspera do Dalek. — EU NÃO DEVERIA... TER DEIXADO QUE... ME CAPTURASSEM. MAS O FRACASSO DELE... FOI MAIOR. NÃO IMPORTAVA O QUE FIZESSE... EU NÃO FALEI.

— Muito impressionante, tenho certeza.

— HUMANOS NÃO ENTENDEM DE TORTURA.

— Ah, acho que entendem, sim. Infelizmente. Não é uma das características mais agradáveis deles, mas humanos sabem como infligir dor e sofrimento, isso eu admito.

— EU NÃO ESPERAVA MENOS.

O Doutor se agitou.

— Não. Você está errado. Humanos também são capazes de amor e misericórdia. E generosidade e caridade. Não há limite para o bem que podem fazer... ou para suas capacidades. Diferente de vocês. Tudo o que vocês conhecem são dor e sofrimento.

— É POR ISSO QUE VENCEREMOS — respondeu o Dalek. — ENTENDEMOS A DOR. OS HUMANOS NÃO ENTENDEM.

O Doutor se perguntou se o Dalek falava por experiência própria. Quando pensou nos fios de metal e plástico que conectavam a criatura à máquina de suporte de vida, onde até hoje ele havia passado toda a sua existência, percebeu que, provavelmente, sim.

O Dalek ainda não havia terminado o discurso:

— MAS A RAÇA HUMANA SERÁ DERROTADA. TODOS OS HUMANOS DEIXARÃO DE EXISTIR. OS DALEKS VÃO ERRADICÁ-LOS DO UNIVERSO!

— Nunca.

— OS DALEKS TRIUNFARÃO! NÃO HÁ NADA QUE POSSA NOS IMPEDIR DE MUDAR O CURSO DA HISTÓRIA... NEM MESMO VOCÊ, DOU-TOR!

— Você está delirando — retrucou o Doutor com desdém.

— OS DALEKS HÃO DE CONQUISTAR E DESTRUIR — continuou a criatura, parecendo recuperar um pouco da energia nos momentos finais. — ELIMINAREMOS TODA A VIDA HUMANA DESDE O INÍCIO! CONQUISTAREMOS O TEMPO E O ESPAÇO! O FUTURO PERTENCERÁ AOS DALEKS!

O Doutor se inclinou para mais perto, subitamente furioso.

— Ah, é? Bom, olhe só: eu vi o futuro. Sua raça vai acabar tão faminta e louca por poder que vai dar um passo bem maior que a perna. E toda essa coisa de conquista do tempo e do espaço vai explodir na cara de vocês. — Ele se aproximou ainda mais, até poder farejar o limo tóxico que cobria o Dalek. — Vocês todos vão queimar, não importa o quanto tentem voltar ou quantos de vocês restem, eu sempre vou estar lá para detê-los. Então, lembre-se disto: *Há uma tempestade que se aproxima!*

O Dalek se retraiu um pouco, mas ainda era capaz de desafiar, mesmo nos últimos segundos de vida:

— VOCÊ ME AMEAÇA QUANDO NÃO POSSO REVIDAR. VEIO APENAS PARA ME VER MORRER, MAS OS DALEKS TRIUNFARÃO! OS DALEKS SEMPRE SOBREVIVERÃO. SEREMOS OS MESTRES DO UNIVERSO!

As últimas palavras da criatura morreram em um grunhido desvairado; o Dalek convulsionou e pareceu se esvaziar quando o olho se fechou pela derradeira vez. O Doutor não teve dúvida de que, naquele momento, o Dalek realmente havia morrido. E estava profundamente grato por isso.

No entanto, algo pareceu se acender em seu cérebro, uma conexão súbita; algo que a criatura dissera acionou um interruptor de percepção em sua mente. O Doutor se levantou de um salto, olhos arregalados. Os cabelos estavam praticamente arrepiados de agitação.

— É claro! — exclamou ele, dando um tapa na testa. — Era *isso* que os Daleks estavam fazendo em Hurala!

Então se virou e saiu correndo.

Por alguns segundos, nenhum ruído foi ouvido na sala. Depois, uma sombra se destacou. Koral seguiu o Doutor.

A cozinha estava silenciosa. Bowman havia se sentado com o queixo apoiado no punho gigante, perdido em pensamentos. Scrum sentara-se à mesa de refeições. Vanguarda estava jogado em outra cadeira, carrancudo, alisando o fuzil automático. Não olhavam um para os outros.

— Perda de tempo total — resmungou Vanguarda depois de um tempo. — Mas estou feliz por termos feito.

Scrum o fitou com ar exausto.

— Por quê? — perguntou amargamente.

— Porque foi bom.

— Foi, é?

Vanguarda desviou o olhar.

— Ok, talvez não tenha sido *tão* bom... É que... foi como se aquela coisa estivesse rindo da gente. Por dentro. Como se fosse capaz de aguentar tudo que a gente fizesse. Estava fazendo a gente de idiota!

— Não seja burro.

— Ele nunca ia contar nada.

— Não era essa a questão — interrompeu Bowman abruptamente. Ele se endireitou, olhando para ambos os tripulantes. Seus olhos cinzentos estavam cansados e fundos. — Fizemos isso por Stella.

— Isso não a trouxe de volta, trouxe? — respondeu Scrum, melancólico.

— Não era para trazer. Aquele Dalek bem que merecia sofrer.

O técnico ainda não parecia convencido.

— Não acho que Stella teria gostado disso.

— E eu não acho que Stella queria ser morta por aquele desgraçado — retrucou Vanguarda. — O chefe tem razão. O Dalek mereceu. Fim de papo.

Voltaram ao silêncio, cada um remoendo a seu modo a discussão.

Então o Doutor entrou de repente na sala, fervilhando de energia.

— O que sabem sobre o Limiar de Arkheon? — perguntou.

Os três olharam para ele.

— O quê?

— É que tive uma conversinha com seu Dalek — explicou o Doutor. — Isto é, com o que restou dele.

— Você o quê? — rosnou Bowman.

— Ele está morto — argumentou Vanguarda. — A gente o matou.

— Sim, *agora* está morto — concordou o Doutor. — E, sim, vocês o mataram, mas ainda restava uma última centelha de vida naqueles velhos genes mutantes, e, de repente ele ficou bem tagarela. Começou a me contar tudo sobre o grande plano dos Daleks de apagar a humanidade da história.

— Você está mentindo — declarou o capitão, levantando-se. Praticamente ocupava a sala toda sozinho.

— Não — disse Koral, surgindo na entrada. — Não está.

O Doutor olhou para ela, intrigado.

— Eu estava no porão com ele — revelou ela. — Ouvi cada palavra.

— Sério? — respondeu o Doutor. Esperava que ela continuasse falando, mas Koral apenas o encarou.

— Calma aí — interrompeu Vanguarda. — Como é que ele topou falar com *você*?

— Sei lá — confessou o Doutor, radiante. — Talvez tenha sido minha personalidade cativante. Ou talvez porque eu não estivesse espetando o Dalek com um bastão afiado e descarregando 50 mil volts nele. Vai saber.

— Talvez tenha sido uma confissão à beira da morte — disse Koral.

— Bom, de um jeito ou de outro, trocamos umas palavrinhas nos momentos finais dele, embora o que mais ouvi tenha sido: Daleks são os seres supremos, Daleks hão de conquistar e destruir, exterminar-exterminar *et cetera*. Mas ele deixou escapar uma coisinha que pode ser importante. Muito, muito importante.

Bowman cruzou os braços.

— Como o quê?

— Os Daleks devem saber do Limiar de Arkheon.

Quatro olhares vazios se dirigiram ao Doutor.

— O quê? — perguntou o capitão.

— Era *isso* que eles estavam fazendo em Hurala — explicou o Doutor. — Procurando informações. Lembrem: a estação Lodestar era um posto de parada para viagens interestelares; esquecida e empoeirada, mas no apogeu foi um lugarzinho bem importante. Costumavam chamá-lo de "portal para as estrelas". Stella acertou em cheio quando viu o planeta Arkheon na lista de mundos mais próximos da estação. Naquele momento, não significou muito para mim, mas agora entendo exatamente por que os Daleks estavam tão interessados em quem quer que aparecesse por lá! Eles querem o Limiar de Arkheon.

— Que seria...?

— Não diga que nunca ouviu falar no Limiar de Arkheon!

Scrum ergueu a mão com receio.

— Bom, eu ouvi falar no *planeta* Arkheon...

O Doutor girou e apontou um dedo para ele.

— Nota dez para esse cara! O planeta Arkheon, em algum lugar perto da Nebulosa do Caranguejo, acho que era isso, logo depois das Plêiades e virando à esquerda nos Mundos da Estrela Azul. Não tem como errar.

— Bom, agora tem — disse Scrum. — Foi completamente destruído há mais de quarenta anos.

O rosto do Doutor congelou.

— O quê?

— Arkheon foi um dos planetas vítimas da Primeira Incursão Dalek — esclareceu o técnico. — Acho que foi atingido por um daqueles estilhaços de planetas antigos. Eu era criança na época.

— Completamente destruído?

— Sim.

— Assim, *total* totalmente?

— Sim.

— Não importa! — O Doutor se reenergizou por completo. Ou melhor, o planeta em si não importa. O Limiar, sim.

— O Limiar de Arkheon — repetiu Bowman calmamente.

— Acho que devemos ouvir o Doutor — aconselhou Koral. Falava diretamente com o capitão.

Bowman ergueu a sobrancelha, pensativo.

— Está bem, Doutor. É melhor nos contar o que sabe.

# Capítulo 11

— Arkheon era famoso por seus fantasmas — começou o Doutor, baixando a voz de forma apropriadamente sinistra. Estava sentado no meio da cozinha, com a equipe da *Peregrina* à volta, como crianças ansiosas para ouvir uma história macabra no acampamento. — Na verdade, frequentemente era chamado de Planeta dos Fantasmas.

Um arrepio pareceu percorrer o pequeno grupo.

— Bem, eu disse fantasmas — prosseguiu o Doutor —, mas eram mais como ecos semitemporais de personalidade. Só que Planeta dos Ecos Semitemporais de Personalidade não soa assim tão bem, não é? Não vou aborrecer vocês com explicações científicas, a não ser que queiram muito, mas os fantasmas e visões espectrais assombrando Arkheon eram, na verdade, o tipo de coisa comum que a gente encontra em planetas que contêm alguma espécie de fenda temporal.

— Fenda temporal? — repetiu Scrum, franzindo o rosto.

O Doutor fez uma careta.

— Bom, não era uma fenda temporal de verdade. Não do tipo juro-por-deus-que-vi-uma-igual-em-Cardiff...

— Cardiff?

— Nunca foi a Cardiff? Precisa ir um dia. Deixa pra lá. O que estou tentando dizer é que Arkheon era especial. Bem no fundo do planeta existia um pequeno cisma cronológico, um rasguinho no tempo e no espaço, se preferirem. Não era importante. Na verdade, foi amplamente ignorado, exceto pelo tipo de cientista que gosta de pesquisar essas coisas. E o Limiar de Arkheon, que foi o nome dado pelos cientistas a essa anomalia temporal, nunca chegou a ser encontrado. Depois de um tempo, foi descartado como nada mais que uma teoria.

— E os fantasmas? — perguntou Scrum.

O Doutor sorriu.

— Ah, e os fantasmas! As melhores histórias de fantasmas do universo! Não importa que não passassem de ecos inofensivos no tempo, ainda assim eram brilhantes. Eu gostava de uma sobre o marinheiro que perdeu a cabeça em uma batalha terrível. Às vezes ele era visto perto da costa, remando devagar ao longo da baía em uma jangada. Era chamado de Remador Decapitado.

— Atenha-se à questão — disse Bowman bruscamente. Estava sentado do outro lado da cozinha, os braços enormes cruzados no peito, uma expressão rabugenta e desconfiada no rosto. Koral estava perto dele, de pernas cruzadas, os olhos semicerrados como os de um gato tirando um cochilo.

— Está bem — respondeu o Doutor, suspirando. — Plateia difícil. Deixe pra lá. A questão é que, se Arkheon foi destruído pelos Daleks, como você disse, então qualquer fraturazinha no tempo e no espaço que existisse no centro desse planeta terá permanecido. Não era parte da própria rocha e do solo, sabem, mas parte da própria trama do tempo e do espaço. É impossível destruir uma fissura temporal.

— E isso é muito importante por quê? — indagou Vanguarda.

— Porque, se os Daleks localizarem o Limiar de Arkheon, estaremos bem encrencados. Não só nós cinco aqui nesta nave. Estou falando de algo um pouquinho maior, tipo o universo inteiro.

— Por quê? — perguntou Bowman. — Como os Daleks poderiam usar essa coisa teórica temporal… se é que ela existe?

A expressão do Doutor ficou sombria.

— Os Daleks são cientistas e engenheiros brilhantes. Combine a sede indomável de poder e conquista com o potencial até aqui inexplorado de uma anomalia espaço-temporal e... bom, será que eu preciso desenhar?

— Precisa — respondeu Vanguarda.

— Significa que podem usar o Limiar para controlar o tempo — explicou Scrum.

O Doutor assentiu, sério.

— Qualquer ponto de apoio no tempo que os Daleks consigam será explorado ao máximo. O Dalek que vocês capturaram disse que eles pretendem apagar a humanidade da história. É fácil pensar que é só a retórica Dalek de sempre, mas, neste caso, pode estar próxima da verdade.

Houve um breve silêncio enquanto o Doutor olhava para todos, na expectativa.

— Então, o que devemos fazer? — perguntou Bowman por fim.

— Precisamos detê-los — respondeu o Doutor, sem rodeios. — Eles devem estar procurando pelo Limiar de Arkheon. Precisamos impedir que o encontrem. Sugiro que vocês contatem o Comando da Terra imediatamente e…

— Não — disse o capitão, erguendo a mão. — Pode esquecer, Doutor. Não podemos contatar o comando. Não temos nenhum status oficial com as autoridades.

— E ninguém na Terra vai acreditar mesmo — acrescentou Vanguarda. — Somos caçadores de recompensa, cara. Para eles, isso não é muito melhor que ser criminoso. Se contarmos isso, só vão rir da nossa cara. Pegamos um Dalek vivo e o interrogamos até conseguir a informação? Aham, ok.

Scrum assentiu.

— Você disse que essa fissura temporal era apenas uma teoria, Doutor. Não temos exatamente uma evidência concreta, temos? E estamos a anos-luz de qualquer lugar. Quando chegarmos ao espaço terrestre e fizermos contato, os Daleks já terão encontrado o que procuram.

O Doutor parecia preocupado.

— Mesmo assim…

— Não vamos contatar o Comando da Terra — disse Bowman com firmeza. — É minha resposta final.

Ele olhou duramente para o Doutor, esfregando sem perceber a cicatriz esbranquiçada no antebraço.

— Está bem. — O Doutor respirou fundo. — Então nós temos que detê-los sozinhos.

— Nós? — Scrum olhou ao redor, contando as pessoas. O resultado não pareceu muito encorajador.

— Tropeçamos em algo incrivelmente importante aqui — disse o Doutor em tom enérgico. — Não podemos nos dar o luxo de ignorá-lo.

— Só você está dizendo que é importante — argumentou Bowman.

— Foi você quem quis interrogar o Dalek — retrucou acidamente o Doutor. — Não desperdice as respostas.

— Ele não deu nenhuma resposta, só uma pista sobre uma espécie de lenda. Isso é besteira.

— Se é que importa — interrompeu Koral —, acho que você deveria ouvir o que o Doutor diz.

O capitão franziu o rosto.

— Não prometo nada. Tudo isso parece tolice para mim. Um planeta velho que explodiu há anos pode ajudar os Daleks a mudarem a história? É uma ideia maluca até mesmo para eles.

— Mas os Daleks *são* malucos — afirmou Scrum. — São arrogantes e espertos o bastante para tirar alguma coisa do Limiar de Arkheon e usá-la contra nós. Contra toda a raça humana. Se houver ao menos uma chance de impedi-los, acho que devemos tentar. Devemos pelo menos isso a Stella.

Depois de um breve silêncio, Bowman respondeu:

— Ok. Vamos dar uma olhada. Pela Stella.

— Só tem um problema que a gente está ignorando — disse Vanguarda. — Se os Daleks nem sabem onde está essa coisa de Arkheon, como é que a gente vai encontrar?

— É aí que vocês têm a vantagem — respondeu o Doutor, sorrindo. — Eu.

Logo o Doutor estava sentado diante do painel de controle da *Peregrina* enquanto Scrum lhe mostrava o computador de navegação.

— Está programado com as coordenadas galácticas deste setor do espaço — explicou —, incluindo pistas estelares e rotas comerciais de cada um dos principais sistemas solares. Usa o hiperlink de um táquion até a rede de satélites da Terra.

— Nunca confiei nessa navegação por satélite. — O Doutor fungou.

— Não há como navegar pelo espaço sideral sem um sistema decente de orientação.

— Tenho um sistema decente de orientação — retrucou o Doutor e deu um tapinha na própria cabeça. — Bem aqui. Confie em mim, nunca me perdi. Bom, quase nunca. Quer dizer, não com frequência. Está bem, *às vezes*, talvez... mas eu quase sempre... — Começou a apalpar os bolsos. — Onde deixei os óculos? Ficaram em algum lugar...

— Ora, se não consegue nem encontrar os óculos...!

— Não, achei! — O Doutor encontrou os óculos e os colocou. Examinou o computador de navegação e depois soltou um estalo de reprovação. — É um pouco primitivo, não?

Scrum pareceu ofendido.

— Isso é de última geração! A aparência pode não ser das melhores, mas...

— Sim, sim. — O Doutor o silenciou com um aceno. — Não quero ser rude, mas... Estava esperando algo um pouquinho mais sofisticado. Precisamos chegar ao sistema de Arkheon antes dos Daleks. Não vamos chegar lá nem antes do Natal usando essa coisa. — Deu uma pancadinha no console com o nó do dedo.

— A *Peregrina* é uma antiga nave militar — explicou Scrum. — Entrou em ação na Primeira Incursão Dalek... ainda tem marcas no casco secundário, onde foi atingida por um míssil neutrônico que não chegou a detonar.

O Doutor assobiou, impressionado.

— É uma velhota durona, admito.

— Foi desativada e convertida em nave mercantil — continuou o técnico enquanto o Doutor começava a operar os controles. — Bowman mandou reformá-la quando assumiu o comando. Os motores e controles de voo foram todos substituídos, na maior parte por peças que nem estão disponíveis no mercado. A *Peregrina* pode não ser perfeita, pode precisar de reparos, mas para nós é mais do que uma nave, Doutor. É nosso lar.

— Ela lembra a TARDIS — respondeu ele, taciturno.

— TARDIS?

— Minha nave. Eu a deixei em Hurala. — O Doutor fitou o espaço por uns segundos, perdido em pensamentos. Em seguida, fungou e sorriu para Scrum. — Olhe, não pude deixar de notar que os motores da *Peregri-*

*na* estão meio barulhentos. Provavelmente é só uma válvula reguladora solta nas bombas de refrigeração. Se você quiser, posso consertar.

— Vai ter tempo para isso?

— Claro. Esta velharia vai levar umas boas horas para chegar a Arkheon.

— Mas e a navegação? As coordenadas?

— Tudo pronto. — O Doutor indicou os controles de voo com um aceno. — E ajustei o piloto automático. Direto até as Plêiades, virando à esquerda nos Mundos da Estrela Azul. Como eu disse, não tem como errar.

— E os Daleks?

— Ah, não se preocupe com eles. Vão usar navegação via satélite. Já devem estar pegando o caminho errado na Nebulosa do Caranguejo.

Scrum sorriu.

— Você me lembra Stella — disse. — Não importava como as coisas estivessem ruins, ela sempre conseguia animar a gente. Tinha o dom de dizer as palavras certas, sabe?

— Acho que sei.

— Se adianta algo... — acrescentou Scrum rapidamente —, ela nunca teria deixado Bowman fazer o que fez com aquele Dalek. Stella era... melhor que isso. Era alguém que sempre fazia a coisa certa. E sabia se defender. Não gostei do que estava acontecendo naquele compartimento de carga, Doutor, mas fui fraco demais para impedir. Estava com mais medo de Bowman que do Dalek. Stella o teria enfrentado.

— E o Bowman a teria ouvido?

Scrum pensou por um momento.

— Sim, acho que teria.

— Não a conheci direito, mas ela parecia muito especial mesmo — concordou o Doutor. — Vocês devem sentir muita saudade dela.

O técnico soltou um suspiro.

— Mais do que você imagina.

— Talvez.

No compartimento de carga, Bowman e Vanguarda limpavam os restos do Dalek. O capitão, usando um par de manoplas pesadas e acolchoadas de um velho traje espacial, jogava os restos do mutante alienígena em um saco de lixo, mantendo os lábios e as narinas comprimidas. A criatura fedia horrivelmente.

Vanguarda estava desencaixando o invólucro vazio e os mecanismos do elevador de carga, jogando restos de armadura e tocos de fio em uma pilha no canto da sala. De vez em quando arremessava um pedaço do Dalek com mais força do que o necessário, acompanhado de um linguajar bem indecente.

— Ei — disse Bowman. — O que há com você?

Vanguarda parou, respirando com dificuldade.

— Estava querendo encrenca — disse, cuspindo as palavras. — Escória do universo.

O capitão se levantou.

— Como disse?

— A gente fez a coisa certa — respondeu Vanguarda. — Não fez?

— Claro. Isto é guerra. Você sabia disso; o Dalek também sabia.

Vanguarda limpou o suor da testa com as costas da mão.

— Eu sei. Mas antes eu só atirava neles. Nunca... fiz aquilo. Não assim, de perto. Pareceu... meio errado. E o jeito como o Doutor falou... eu fiquei *confuso*.

Bowman fechou o saco e o carregou pela sala. Depois o deixou no chão, ao lado do amontoado de máquinas.

— Às vezes, decisões difíceis precisam ser tomadas. É fácil falar em moral elevada. Os políticos e civis podem fazer isso, mas nós é que temos que lidar com as consequências.

— Então por que me sinto tão mal?

— Ninguém disse que seria fácil.

Vanguarda ficou indignado.

— Sei disso. Minha vida nunca foi fácil. Desde criança meu pai me tratava como lixo lá em Gauda Prime. Tive que dar o fora daquele buraco e entrar para o exército, mas nem *eles* me quiseram. E você sabe como eu estava mal quando me achou.

Bowman olhou para ele por um bom tempo antes de responder. De repente, sentia-se muito velho, e Vanguarda parecia jovem demais.

— Escute, filho. Você é uma pessoa boa. Não deixe ninguém lhe dizer o contrário. Nem seus colegas, nem o exército, nem mesmo o Doutor. Você combate Daleks, e isso significa que, no final das contas, está do lado certo, e o resto não importa. É preciso ter coragem para fazer o que você fez.

— Não me senti muito corajoso quando arranquei aquela criatura da toca dela.

— Não é o que você sente que importa. É o que faz apesar do que sente. Veja só Scrum. Quase se mijou de medo, mas ainda assim fez o que precisava fazer. O único que não sujou as mãos foi o Doutor.

Vanguarda deu de ombros.

— Acho que cada um tem seu ponto de vista.

— É — concordou Bowman. — O único problema é que o ponto de vista dele está errado. Agora, tire esse Dalek da minha nave. Chute o traseiro de lata dele para o espaço; e o conteúdo também. Nunca mais quero um bicho desses a bordo.

— É pra já.

Bowman deu um sorrisinho maldoso.

— O que aconteceu com "Sim, senhor"?

— O quê?

— Deixe pra lá, Vanguarda. Deixe pra lá. Coisas do passado. — O capitão tirou as luvas e as jogou no monte de lixo. — Aproveite que vai descartar tudo e se livre disto também. Depois, pode limpar o resto dessa gosma do chão. O cheiro está me dando nos nervos.

O Doutor e Scrum estavam discutindo as especificações técnicas dos motores da *Peregrina* quando Bowman entrou na cabine de comando. Lançou um olhar desconfiado para o Doutor e falou com Scrum:

— Nós nos livramos daquela coisa. Jogamos a armadura e o mutante no espaço sideral. Vanguarda está limpando o porão agora.

— O Doutor traçou uma rota até Arkheon — informou o técnico. — Ou, pelo menos, até onde ficava o planeta. Devemos chegar em poucas horas.

O capitão ergueu a sobrancelha.

— Isso é bem rápido, mesmo para a *Peregrina*.

— Bom, eu conheço alguns atalhos — admitiu o Doutor. — E peguei umas pistas em Hurala.

— Talvez os Daleks tenham pegado também.

— Verdade… e é por isso que precisamos ir a toda velocidade. — O Doutor se levantou e encarou Bowman. — Com sua permissão, gostaria de apertar as válvulas reguladoras na sala de máquinas. Estão soltas e vão nos atrasar.

Bowman o fitou friamente.

— Só para deixar registrado, Doutor, ainda não gosto de você. Não tenho ideia de para onde estamos indo, mas ainda afirmo que você sabe mais do que quer contar. Só não o joguei fora com os restos daquela gosma de Skaro por causa da Koral. Ela se responsabilizou por você, e eu confiaria minha vida a ela. Então, se trair essa confiança, se isso for algum tipo de truque ou trapaça, eu mesmo vou matá-lo, rápido e com prazer. Entendeu?

— Perfeitamente.

— Quando chegarmos a Arkheon, lembre-se de uma coisa: estou no comando, não você.

# Capítulo 12

O Doutor havia tirado o paletó e estava trabalhando nos motores da nave quando Koral o abordou.

Ela surgiu das sombras, envolta em uma nuvem de vapor, enquanto ele terminava de apertar a última válvula reguladora. O Doutor ergueu o olhar para ela, a chave de fenda sônica ainda presa entre os dentes.

— Gnnf gnn mmph gnn — disse ele.

— Perdão?

O Doutor tirou a chave da boca.

— Eu disse: você não pode ficar aparecendo de surpresa assim.

— Não foi minha intenção.

— Bom, consertei estes motores velhos, agora estão bem rápidos. Ouça. — Ele levou a mão em concha ao ouvido e sorriu. — Não chacoalham nem guincham. Dá para ouvir um alfinete caindo em qualquer parte da nave.

Koral franziu o cenho. Os motores da *Peregrina* produziam um ronco baixo e constante. Quem tocasse qualquer ponto do casco sentiria a vibração pesada, e as placas do convés tremiam sob os pés. Assim tão perto, o som era mais como o rugido de um animal mecânico selvagem.

O Doutor se levantou de um salto e pegou o paletó do cano onde o havia pendurado.

— Não é sempre que posso mexer em um desses velhos sistemas de propulsão astrônica. São brilhantes a seu modo. Péssimos para o meio ambiente, claro, e sujeitos a implosões iônicas catastróficas, se não cuidarmos direito deles... mas, mesmo assim, brilhantes.

Koral olhou-o estranhamente.

— É coisa de homem — explicou ele.

— O que você quis dizer naquela hora, no compartimento de carga? — perguntou ela. — Quando afirmou que tinha visto o futuro?

— Ah, mudança súbita de assunto. Muito bom. Você me pegou desprevenido, mas não vou cair nessa.

— Não fuja da pergunta.

O Doutor se deteve e a encarou.

— Não quero falar sobre isso. É complicado.

— Quando chegou aqui, você disse que estava no lugar e na hora errados.

— É só uma expressão. Significa azar.

— Acho que você falou literalmente.

Ele respirou fundo.

— Koral, digamos que eu *tenha* visto o futuro. Chame de clarividência, premonição ou pura maluquice, não ligo. Mas quando, e se, os Daleks conseguirem controlar o tempo, isso vai levar à morte e à destruição em uma escala que você simplesmente não pode entender. Os Daleks são mais do que capazes disso. Pior: estão dispostos a isso.

Ela o olhou nos olhos e percebeu que, em algum lugar, de alguma forma, aqueles olhos haviam testemunhado aquele tipo de morte e destruição. Ela estremeceu.

— Você pretende mesmo impedi-los, não é?

— Não posso. — Subitamente, ele pareceu triste. — Simplesmente... não posso. Mas talvez possa atrasá-los até o universo estar pronto. Ou o mais pronto possível. Não sei. Como eu disse, é complicado. Se pensar demais nisso, sua cabeça vai explodir. Digamos apenas que estou no lugar e na hora errados, mas, já que estou aqui, posso muito bem tentar ajudar.

— Acho que entendo — respondeu Koral por fim.

O Doutor assentiu.

— E, a propósito, obrigado por se responsabilizar por mim. Acho que seu amigo Bowman está começando a confiar em mim.

— Bowman não confia em ninguém.

— Ele confia em você. Mas disse que, se eu trair essa confiança, ele me mata.

— Então ele está enganado — disse Koral. — Ele não vai matar você. Eu é que vou.

Graças ao Doutor, a *Peregrina* chegou ao destino em tempo recorde. A tripulação se surpreendeu ao entrar na cabine de comando.

— Não acredito — sussurrou Scrum, admirado. Estava olhando fixamente, a boca aberta, para a janela frontal. Os outros se agruparam atrás dele. — Que... que droga é essa?

— São os restos de Arkheon — respondeu o Doutor. — O Planeta dos Fantasmas.

Parecia o vestígio espectral de um planeta, um mundo pálido e etéreo envolto em brumas e gelo cintilante. Havia, porém, algo ainda mais anormal: uma deformidade, algo terrivelmente errado em seu formato. Não era um globo completo, mas a metade de um planeta, um gigantesco hemisfério de rocha congelada com os restos do núcleo derretido e incandescente expostos ao espaço como uma ferida luminosa.

Quando a *Peregrina* entrou na órbita, a curvatura intocada do horizonte subitamente desapareceu. A superfície de um branco cintilante deu lugar a um abismo vertiginoso e um interior escuro, irregular. No centro, havia uma esfera dura e alaranjada de ferro superaquecido, incrustada de rochas em chamas.

— É incrível! — exclamou Koral, arfante. — Impossível.

— Os racha-planetas dos Daleks fazem exatamente o que o nome diz — comentou o Doutor. — Isto é tudo o que resta: pedaços de uma rocha enorme, disforme e sem vida flutuando no espaço. — Ele olhou acidamente para Bowman. — Com eles e seu pessoal, me admira que ainda existam planetas na galáxia.

O capitão apertou os lábios, mas ficou calado.

— É maravilhoso e terrível ao mesmo tempo — afirmou Koral.

Scrum estava verificando os instrumentos.

— Não há sinal de nenhuma outra espaçonave nas proximidades — informou. — A área está deserta. Parece que os Daleks estão mesmo procurando no lugar errado.

— Melhor, impossível — disse o Doutor, apoiando a mão no ombro de Scrum. — O planeta é todo nosso.

— Você acha que aquele tal Limiar ainda está lá embaixo? — perguntou Vanguarda.

— Vamos descobrir — propôs o Doutor. — Siga em frente.

Bowman tossiu de propósito.

— Ah, me desculpe...

O capitão voltou-se para Scrum.

— Siga em frente — ordenou.

A *Peregrina* adentrou os restos aniquilados da atmosfera de Arkheon. Nuvens fugiam como espíritos amedrontados enquanto a nave rugia por sobre montanhas e geleiras. Havia ravinas profundas e secas onde rios e oceanos antes fluíam, e cristais altíssimos esculpidos em formas estranhas pelo vento forte.

Finalmente, sobrevoaram as ruínas de uma cidade. Torres fragmentadas se erguiam entre pontes e portais em arco, tudo amortalhado pela neve, que se espalhou em rajadas brancas quando a *Peregrina* pousou.

— É fantástico — disse Scrum, o rosto refletindo a visão brilhante de inverno. — Maravilhoso.

O Doutor espiou pela janela, completamente fascinado.

— Os governantes de Arkheon construíram uma cidade digna de uma raça de reis e rainhas — disse, apreciando a vista.

— Agora, só resta essa ruína — rosnou Bowman, a luz branca e ardente da superfície drenando a cor de seu rosto.

— A atmosfera é quase tóxica — informou Scrum. — Podemos respirar, mas não vai ser agradável.

— Não vamos ficar muito tempo — disse o capitão.

Scrum aterrissou em uma plataforma rochosa junto aos limites da cidade. Reuniram-se diante da câmara de descompressão e separaram alguns equipamentos para baixas temperaturas que Bowman conseguira.

— Você deve estar brincando, cara — disse Vanguarda, pegando uma jaqueta grossa e acolchoada com borda de pele no capuz. Seus braços volumosos deixaram a vestimenta repuxada nos ombros. — Como é que posso ficar estiloso com essa coisa?

— Você pode é ficar aquecido — respondeu o capitão. Fechou a própria jaqueta e a afivelou. — Esses eram os trajes-padrão dos Fuzileiros Espaciais na época em que a *Peregrina* patrulhava os Mundos Gelados. Têm filamentos termostáticos integrais que se ajustam ao calor natural do corpo.

Ele virou-se para olhar o Doutor, que lutava com uma das jaquetas, e perguntou:

— O que exatamente estamos procurando? Fantasmas?

— Nada disso — respondeu ele, animado. — Mas avisem se virem qualquer eco semitemporal de personalidade, ok?

— Por quê? São perigosas?

— Não. — O Doutor suspirou. — É que quero ver uma, só isso.

— Então, como vamos encontrar o Limiar?

— Deixe comigo.

— Não se preocupe — garantiu Bowman. Ele socou um pente de carga na blaster e a guardou no coldre. — Estou logo atrás de você.

Os tênis do Doutor afundaram na neve. Sempre havia algo de especial no gesto de pisar em um novo planeta, e ele tentou saborear o momento.

— Anda logo, camarada — disse Vanguarda atrás dele. — Tem uma fila de gente aqui atrás.

O Doutor caminhou rumo às ruínas da cidade. Espirais, torres e restos acidentados de passarelas suspensas exibiam estalactites de gelo, compridas e brilhantes. Acima, fiapos ralos de nuvem cintilavam prateados à luz das estrelas. O planeta, ou o que restava dele, estava à beira de uma nebulosa vasta e gasosa, que transformava o céu noturno em um campo de luzes verdes.

— Como está indo? — perguntou Bowman, marchando na neve.

— Estou ótimo, obrigado — respondeu o Doutor. — E você?

— Não banque o engraçadinho. Não estou no clima para brincadeiras.

— Cadê a Koral? — indagou o Doutor.

— Por quê? Está com medo de ela não estar aqui para proteger você?

— Não, só acho que ela gostaria de descer da nave. Esticar as pernas faz bem.

O capitão se virou, esquadrinhando o horizonte.

— Ela está por aí. Koral gosta de ser discreta.

— Até aqui?

O Doutor estava impressionado. Não parecia haver nenhum lugar naquele deserto branco onde alguém pudesse se esconder, nem mesmo Koral.

— Você ficaria surpreso.

Scrum foi patinhando na neve até alcançá-los.

— A nave está segura. Algum sinal do Limiar?

— Ainda não começamos a procurar — respondeu o Doutor. — Estamos só admirando a vista.

— *Ele* está admirando a vista — grunhiu Bowman. — Eu, não.

Vanguarda havia escalado um muro alto.

— Pessoal, venham ver isso aqui.

Subiram com dificuldade até onde ele estava, usando rochas quebradas e lajes de gelo como degraus. Do outro lado, uma ravina rasa se estendia ao longe, repleta de pedregulhos e pedaços do que pareciam máquinas enferrujadas.

— Que droga... — reclamou o capitão.

— É uma estrada — constatou Scrum. — Olhem... leva para fora da cidade. Seguindo naquela direção. Dá para ver onde o gelo se formou.

Vanguarda apontou para as máquinas.

— O que são aquelas coisas? Carros?

— Algum meio de transporte, sem dúvida — respondeu o Doutor. — Todos saindo da cidade. Provavelmente fugindo para salvar a vida quando os mísseis racha-planetas foram detectados vindo para cá. Não tiveram a menor chance. Com todos esses veículos, a estrada deve ter se tornado uma armadilha mortal. Quando o míssil atingiu o planeta, o choque sísmico deve ter sido suficiente para deslocar placas continentais. Maremotos, vulcões, terremotos, fogo, gases tóxicos, tudo de uma vez. Provavelmente nem houve tempo para todos esses cataclismos surtirem efeito. O planeta todo deve ter rachado, a partir do centro, como uma maçã atingida por um machado. A atmosfera deve ter se desintegrado. Essa gente deve ter perecido em um instante, transformada em geleia pela primeira onda de choque.

Ficaram ali olhando os carros fossilizados por alguns minutos, cada um deles tentando avaliar a dimensão da catástrofe a seu próprio modo. Era quase impossível.

— Calma aí — disse Vanguarda, erguendo o fuzil de assalto. — Acho que vi uma coisa.

— O quê? — perguntou Scrum.

— Sei lá. Algo se mexendo. Lá longe.

— Impossível — respondeu Bowman.

Vanguarda observava a estrada pela mira do fuzil. Depois de um minuto, baixou a arma.

— Já foi. Se é que tinha mesmo alguma coisa.

— Talvez tenha sido só a neve — sugeriu Scrum. — Ou uma estalactite caindo.

— É. — Vanguarda não pareceu convencido.

Bowman assobiou. Uma nota aguda e breve que ecoou sinistra na brisa fria. Um momento depois, uma silhueta escura subiu rapidamente o muro e se pôs ao lado dele. Era Koral, claro; não usava jaqueta, parecia totalmente à vontade no frio cortante.

— Vanguarda acha que viu movimento lá embaixo — disse o capitão a ela. — Vá verificar.

Sem dizer uma palavra, Koral se virou e saiu correndo, pulando agilmente os escombros do muro arruinado. Foi até a estrada e desapareceu em meio aos carros inertes. Logo o som de seus pés na neve foi abafado pelo pesado cobertor do silêncio.

— Koral vai na frente — disse Bowman aos outros. — Vamos continuar, Doutor.

O Doutor sacou a chave de fenda sônica e a ativou. Segurando o dispositivo diante de si, com o braço esticado, pareceu coletar diversas informações de todos os pontos cardeais.

— Por aqui — disse ele por fim, seguindo o caminho de Koral até a antiga estrada.

— Está bem — concordou o capitão. — Vamos lá.

# Capítulo 13

— Não vejo Koral em parte alguma — comentou Scrum, nervoso. Estava de pé nos restos de uma passarela. Tudo o que via eram as ruínas estendendo-se pelo horizonte, entrecortadas por largas avenidas cheias de escombros.

— As habilidades de rastreamento dela são inigualáveis — disse Bowman. Havia uma ponta de orgulho em sua voz. — Se ela não quiser ser vista, não vai ser. Em Céu Rubro Perdido, uma presa só a via quando ela já estava lhe rasgando a garganta.

— As presas deviam adorar isso — comentou o Doutor secamente. Ele caminhava um pouco à frente do capitão, movendo a chave de fenda sônica de um lado para outro, devagar. A ponta pulsava azul e emitia um zunido baixo, oscilante.

— Este lugar é sinistro — disse Vanguarda, que caminhava à esquerda, segurando o fuzil junto ao peito. Seus olhos vagueavam por toda parte, avaliando o perímetro.

— Bom, é o Planeta dos Fantasmas, não? — brincou Scrum.

— Ha, ha.

De vez em quando, Vanguarda erguia a arma e espiava pela lente, fazendo a mira passear pelo terreno, ativando ampla variedade de intensificadores de imagem: térmico, infravermelho, macroscópico. Nada aparecia, mas eles definitivamente sentiam uma tensão no ar gélido. Scrum disse que quase parecia que eles estavam sendo observados.

A estrada havia desabado sobre si mesma, e o progresso do grupo desacelerou quando tentaram contornar uma série de rochas, pedregulhos e carros amassados, tomados de ferrugem.

— Uau — exclamou Vanguarda, aproximando-se de um veículo capotado.

Espalhado a partir do banco do motorista estava um amontoado de ossos cobertos de neve. O crânio jazia inclinado, o pescoço quebrado, mas ainda ligado ao corpo por restos de pele grossa e tendões secos. A mão esquelética ainda segurava o volante com a ponta dos dedos. Joias brilhavam no pulso e no braço enegrecidos.

— Pessoas morreram aqui — disse Scrum, subindo para olhar. — Pessoas de verdade, com vida de verdade. Famílias, amigos, namorados. Homens, mulheres e crianças... rindo, brincando, trabalhando. Fazendo o que as pessoas fazem. Aonde será que essa pobre alma ia quando o racha-planetas chegou?

— A lugar nenhum — respondeu Bowman bruscamente. — Vamos em frente.

Continuaram a marchar, o Doutor levando-os ainda pela estrada em ruínas quando Koral surgiu de repente, saltando ladeira acima.

— Aí está você — disse o Doutor, concentrado na chave de fenda. — Estava me perguntando aonde tinha ido.

Ela se reportou apenas a Bowman:

— Fiz o reconhecimento da área, mas não encontrei nada. O chão cede lá adiante: um precipício, depois uma espécie de escarpa. Não consigo ver muito além desse ponto.

— Provavelmente estamos bem na borda de uma imensa área de afundamento — afirmou o Doutor. — Deve ter havido um caos sísmico aqui.

— Mais alguma coisa? Algum movimento, sinal de vida? — perguntou Bowman.

— Algum sinal de fantasma? — acrescentou Vanguarda.

— Não. Mas há um... cheiro.

Vanguarda fungou.

— Gata, o planeta inteiro fede.

— É a atmosfera — explicou Scrum. — Todo tipo de gás e reações poluentes foram liberados quando o planeta rachou.

Koral balançou a cabeça, negando.

— Não me refiro a esse tipo de cheiro. Estou falando de algo mais. Algo que não dá para definir. Algo errado.

— Ótimo. — Vanguarda engatilhou o fuzil ruidosamente. — Agora você está me deixando nervoso.

Bowman voltou-se para o Doutor:

— Identificou alguma coisa? Se isso for algum tipo de caça às cegas...

— Shh. — O Doutor havia levado a chave de fenda ao ouvido e prestava muita atenção, buscando um sinal fraco ou qualquer outra coisa. Fez alguns ajustes e voltou a escutar, retorcendo o rosto, tamanha era a concentração. — Definitivamente, estamos perto. Estou captando todo tipo de atividade cronológica dispersa. É difícil ter certeza. Há muita radiação de fundo, múons, húons, decadência taquiônica... e... e... — Sacudiu a chave e escutou outra vez, fechando os olhos e erguendo a mão para pedir silêncio.

— E o quê? — perguntou Bowman mesmo assim.

O Doutor franziu o rosto e chacoalhou o instrumento de novo.

— E areia, acho. Derrubei a chave na praia de Scarborough mês passado. Levei séculos para achar.

O capitão suspirou.

— Isso não vai nos levar a lugar algum.

— Não! Espere! — gritou subitamente o Doutor, a voz ecoando entre as rochas.

Na mesma hora, Vanguarda e Bowman adotaram postura defensiva, as armas prontas para atirar. Quando viram que não era nada, se endireitaram lentamente e fulminaram o Doutor com o olhar.

— Achei de novo! — disse ele. — Por aqui!

Saiu apressado, saltando as rochas, como se a terra tivesse se tornado uma escadaria de degraus gigantescos. Um de cada lado, Vanguarda e Bowman desciam de pedra em pedra, as armas e os equipamentos trepidando.

— Você acha que tem algo lá embaixo, não é? — perguntou Scrum, correndo para acompanhá-lo.

— Por que diz isso? — replicou o Doutor.

— Vi sua reação ao que Koral disse. Você levou a sério.

— Às vezes a gente tem que confiar nos instintos, Scrum. Ou nos de outra pessoa. Os cabelos dela estavam arrepiados. Quer dizer, os pelos da nuca. Parecia um porco-espinho. Uma reação primitiva, velha como o tempo. Ela sentiu alguma coisa, sim, só não sabe o que foi.

— Algo perigoso?

O Doutor deu de ombros casualmente.

— Normalmente, é.

— Fantasmas?

Um sorriso.

— Improvável... embora a chave de fenda sônica esteja registrando um tipo de fenda temporal. Ah! Acabo de ter uma ideia. — Ele parou de repente. — Fenda temporal. Será...?

— Será o quê?

— Bom, nada. Acho que é só coincidência, se parar para pensar. Vir aqui procurando uma espécie de distúrbio cronológico e depois de eu já ter pulado uma linha temporal até um período histórico no qual...

— No qual o quê?

O Doutor correu a mão pelos cabelos espetados, para a frente e depois para trás, como se tentasse expulsar um pensamento indesejado.

— Nada de mais. Só estou pensando em voz alta. Não repare. É uma coisa meio wibbly wobbly timey wimey. Você de fato não quer saber. — Então a chave de fenda sônica zuniu e a luz azul começou a piscar mais depressa. O Doutor pareceu ter sido ligado na tomada. — Aha! Ah, isso! Agora estamos perto mesmo!

E saiu correndo, com a chave de fenda em riste.

Eles prosseguiram, descendo cada vez mais. Adiante, já não conseguiam enxergar a paisagem, como se estivessem chegando à beira de um penhasco. Mais além, havia uma neblina distante.

Olhando para trás na ladeira, Scrum se surpreendeu ao ver o quanto já haviam percorrido. Só conseguia enxergar as torres quebradas da velha cidade de Arkheon e, ao fundo, o céu verde-escuro repleto de estrelas.

— Movimento!

Foi Vanguarda quem bradou a palavra. Já estava ajoelhado, com o fuzil ajustado à altura dos olhos. Bowman havia girado para lhe dar cobertura. Scrum estava de pé, os olhos arregalados, espiando um trecho de chão rachado distante, à esquerda, o coração acelerado.

Todos ficaram imóveis. O silêncio era total.

— Acho que vi também — disse Scrum depois de um minuto, a voz muito, muito baixa. — Pelo canto dos olhos.

— É — confirmou Vanguarda. — Foi isso que vi. Tinha mesmo uma coisa se mexendo atrás daquelas pedras. Está seguindo a gente.

O Doutor levou o dedo aos lábios. Havia um emaranhado de metal meio oculto no solo, os restos de outro veículo enferrujado. Flocos de neve pairavam ao redor das formas agudas, carregados para o alto e para longe, para o céu noturno, pela mais leve brisa.

O Doutor aproximou-se lentamente. Atrás dele, Bowman e Vanguarda apontaram as armas.

Quando a coisa atacou, voando sobre as ruínas com um grito chocante e pavoroso, todos congelaram. Como um demônio espectral das sombras mais escuras, a criatura saltou no Doutor.

# Capítulo 14

Duas armas dispararam. Bowman e Vanguarda tinham visto a criatura antes que ela atingisse o Doutor. Os dois tiros a acertaram simultaneamente, jogando a criatura para trás das rochas como um trapo descartado. Ela caiu no chão, em um monte de material cinzento esfarrapado.

O Doutor já estava de pé, correndo em direção a ela.

Bowman e Vanguarda se aproximaram, as armas apontadas para a figura inerte.

— Não chegue muito perto — ordenou o capitão.

O Doutor o ignorou, ajoelhando-se. A criatura era semi-humanoide, mas estranhamente distorcida e envolta em um manto cinza esfarrapado. Havia dois buracos fumegantes no material, e uma luz pálida cintilava por dentro.

— Está morta? — perguntou Scrum, aproximando-se hesitante.

— Claro que está — disse Vanguarda, ríspido. — Balas de alto impacto e ponta oca. Isso aqui não é brincadeira, camarada.

A criatura convulsionou uma última vez e desabou de lado. O capuz que lhe cobria a cabeça escorregou, revelando o rosto.

— Caramba — murmurou Vanguarda. — É um fantasma, pô.

A face era pálida e brilhante. A pele era de fato luminosa, lembrando a lua, com dois olhos tão fundos e repuxados que mais pareciam os de um rato recém-nascido. A boca aberta exibia dentes amarelos e gengivas negras, murchas. A carne descorada estava coberta de manchas e pústulas iridescentes.

— A gente atirou em um *fantasma* — repetia Vanguarda. Parecia ao mesmo tempo amedrontado e entusiasmado.

— Quieto — ordenou Bowman, e abaixou-se para examinar as feições da criatura mais de perto. — O que é isto?

O Doutor balançou a cabeça.

— Não sei. O que resta dos arkheonitas nativos, talvez. Afetado pela radiação, desesperado, vagando entre as ruínas. Mais animal selvagem que qualquer outra coisa.

— É nojento — disse Vanguarda.

O Doutor se levantou.

— Está morto — informou em tom solene.

O rosto brilhante da criatura começara a escurecer. Enquanto eles olhavam, uma mancha negra pareceu espalhar-se pela pele, que murchou e enrugou como papel velho nas chamas. Logo a criatura não passava de uma casca enegrecida.

— Seja lá o que for — resmungou Bowman —, não deve estar sozinho. Fiquem atentos.

Mal acabou de falar e outro ruído foi ouvido atrás deles. Todos se voltaram e viram mais duas figuras mutantes correndo em sua direção. Moviam-se com um passo estranho e urgente pelo terreno irregular.

A arma de Bowman disparou duas vezes e as criaturas recuaram. A mais próxima ainda cambaleou alguns passos, e o capuz esfarrapado caiu para trás, revelando o rosto feroz e brilhante, a boca negra. Em seguida, ela caiu e ficou inerte, o rosto enterrado na neve.

— Há mais deles! — gritou Scrum, apontando. Meia dúzia das criaturas cinzentas e trôpegas surgiu à vista.

— Lá vai — murmurou Vanguarda, posicionando-se e apontando o fuzil. Ele e Bowman derrubaram as primeiras três com tiros rápidos e precisos.

A quarta atravessou o terreno com uma velocidade surpreendente, aproximando-se de Koral, que exibiu as presas e garras, preparando-se para a batalha, mas o Doutor se interpôs agilmente, puxando-a para um lado enquanto erguia uma pelota de neve com a ponta do pé e a mandava com um chute para o rosto do mutante.

— Não toque neles! O sangue deve estar contaminado... venenoso! Se cravar as garras nessas criaturas, pode ser a última coisa que vai fazer.

— Vou morrer lutando!

— É bem provável... mas não hoje.

O Doutor se abaixou, puxando-a consigo apesar dos protestos, quando uma saraivada de tiros do fuzil de Vanguarda rasgou o ar frio.

— Estão por toda parte! — gritou Scrum, ajudando o Doutor e Koral a se afastarem.

— A gente cutucou um ninho ou coisa assim — disse Vanguarda, que atingia mais deles enquanto falava, o estrondo da arma ecoando entre as ruínas. Os mutantes brotavam de buracos no chão, os dentes negros à mostra no meio dos rostos ferozes, faiscantes. — Tem muitos deles. A gente precisa dar o fora.

— Por aqui — indicou Bowman, que atirou em outro mutante, acertando a cabeça, e escalou habilmente a ladeira atrás deles. — Temos que ir para um terreno mais alto!

Seguiram-no rochas acima, Vanguarda por último. A cada dois passos, ele virava-se e atirava. As criaturas estavam começando a identificar o perigo e moviam-se rapidamente, de rocha em rocha, de carro em carro, abaixando-se.

— Não podemos voltar para a nave — disse Scrum, ofegante. — Eles estão bloqueando o caminho. — O técnico havia sacado a própria pistola e olhava ao redor, inseguro, procurando um alvo.

— Vanguarda! — bradou Bowman. — Flanco esquerdo! Abra caminho!

— Pode deixar. — Vanguarda apoiou-se em um joelho, virando-se para a esquerda, e colocou o fuzil no modo automático. A rajada rasgou o ar e cravou-se em um grupo de mutantes que subia a encosta atrás deles. Gritos estranhos e lamentosos se mesclaram a um gemido fúnebre.

Bowman desceu na frente, pulando de uma rocha para outra. O Doutor, Koral e Scrum o seguiram.

— Por aqui! — gritou o Doutor, apontando para uma brecha em meio à horda.

A pistola de Bowman rugiu várias vezes, arrancando mutantes do caminho sem dó. Ele marchou em meio à carnificina, envolto na fumaça da própria arma. Suas botas pisotearam os corpos enquanto ele fazia o grupo avançar. Atrás deles, mais mutantes enchiam a noite de rosnados famintos.

— Estamos sendo conduzidos — percebeu o Doutor, parando subitamente.

— O quê?

Um vento soprava frio e forte nesse momento, roubando-lhe as palavras dos lábios. O Doutor levou a mão em concha à boca e gritou:

— Estamos sendo conduzidos! Eles estão nos forçando a vir por aqui.

Rochas escarpadas assomavam diante deles. Não conseguiam ver o que havia depois, mas rajadas finas e irregulares de neve passavam por eles, vindas de um ponto além do cume. Eles hesitaram, inseguros. Bowman olhou para trás com fúria nos olhos.

— Não podemos parar — grunhiu.

— Eles estão nos cercando! — exclamou Scrum, olhando para os mutantes que se aproximavam.

O capitão se virou e começou a escalar as rochas, determinado a dar o exemplo. O Doutor, Scrum e Koral o seguiram depressa. Vanguarda rangeu os dentes, despejando mais uma dezena de tiros, depois se virou para acompanhá-los. Atrás dele, as criaturas pálidas e luminosas convergiam para a encosta.

Perto do topo, Koral estava ajudando Scrum.

— O-obrigado — gaguejou ele, ofegante. — Acho que não consigo... avançar.

— Só mais um pouco — incentivou ela.

— Continuem! — esbravejou Bowman.

Koral envolveu Scrum com o braço e o impulsionou enquanto eles percorriam os últimos metros.

— O que tem depois do topo? — perguntou Vanguarda.

— Não faço ideia — respondeu o capitão. — Mas vamos descobrir.

Com uma última série de passos extenuantes, chegaram ao cume. Um a um, alcançaram o destino e pararam, boquiabertos. Um silêncio estranho e imenso pesou sobre eles, esmagando-os.

— Meu Deus. — Bowman arfou, horrorizado.

— É... é impossível — disse Vanguarda.

Scrum começou a hiperventilar, tomado por um acesso de pânico. Koral simplesmente olhava, de queixo caído.

Haviam chegado à borda do mundo em si. Literalmente, pois o chão desabava a seus pés em um abismo imensurável, que se estendia de um lado a outro, de horizonte a horizonte. O precipício descia e descia até um ponto distante, velado pela névoa escura. E abaixo deles, muito, muito abaixo, estava a linha curva e brilhante de uma esfera de rocha derretida.

— Nossa! — exclamou o Doutor. Seu rosto era a imagem da empolgação juvenil. Os olhos estavam arregalados, os cabelos em pé, enquanto praticamente dançava à beira do abismo. — Quer dizer… *núcleo*!

— É… é… — Vanguarda estava, finalmente, sem palavras.

— É a beirada do mundo! — gritou o Doutor. Não parava de pular, incapaz de conter o entusiasmo. — Olhem para isso! A própria beira! É um despenhadeiro daqui até o núcleo! Maravilhoso! Fantástico! Brilhante! Vocês *já viram* uma coisa dessas na vida? Não viram, né? Não viram! — Pulava frenético no meio do grupo, rindo e gritando. — Nem eu! Nunca, nunca vi! Não assim! É uma nova visão! *Novinha!*

De alguma forma, o calor irradiava da esfera distante de ferro incandescente, erguendo-se para carregar flocos de neve da borda do penhasco pelo ar. A neve dançava lentamente, flutuando como chamas pálidas e espectrais.

— Estou enjoado — disse Scrum.

— É só vertigem — explicou o Doutor, feliz. — Perfeitamente natural. Mas que vista, hein? Brilhante! *Molto bene!* — Urrou as últimas palavras no ar noturno, os pés plantados no solo, os braços abertos no ar.

— Antes que você se empolgue demais — avisou Bowman —, talvez queira pensar em nossa posição em termos puramente estratégicos.

— Ele está dizendo que a gente não veio aqui a passeio — completou Vanguarda, apontando para trás. Uma multidão de mutantes luminosos se arrastava encosta acima, murmurando e grunhindo.

— Ah, *eles* — concordou o Doutor. — Não, eu não esqueci. É que sou multitarefas. — Sacou a chave de fenda sônica, segurou-a sobre o abismo e a ativou. A ferramenta bipou levemente; no começo, devagar, mas depois com urgência súbita e entusiasmada. — Aha! — Mais um enorme sorriso se abriu no rosto do Doutor. — Aí está! Encontramos… o Limiar de Arkheon. Lembram-se dele? A fenda no espaço-tempo, e está bem no coração deste planeta... bem no núcleo agonizante!

— Doutor — chamou Vanguarda —, eles estão chegando perto.

— Sim, sim, estou cuidando disso...

Bowman voltou o rosto contrariado para Vanguarda.

— Desde quando *ele* virou o líder?

— Ah, não. — A voz do Doutor cortou o ar como uma adaga. Ele olhava outra vez por sobre a borda do penhasco, mas sem o deleite frívolo que havia exibido antes. Ficara subitamente rígido e inseguro.

— O que foi? — perguntou Scrum. — Qual é o problema?

— Um pensamento acaba de me ocorrer — respondeu o Doutor. Seu tom era sombrio, quase raivoso. — Por que não pensei nisso antes?

— No quê?

Ele apontou para baixo, para o centro exposto do mundo estilhaçado.

— O núcleo do planeta! — Ergueu a mão, estapeando a própria testa. — Dã!

Koral franziu o rosto.

— Não entendo...

— Acho que as coisas estão prestes a ficar muito piores. — O Doutor suspirou.

— Piores? — repetiu Vanguarda com desdém. — A gente está encurralado na beira do maior penhasco do universo enfrentando um exército de fantasmas zumbis do inferno. O que pode ser *pior*?

O Doutor olhou tristemente para ele, para todos eles, e sua expressão era tão fria e terrível quanto o planeta que pisavam.

— Sinto muito — disse ele, com os olhos angustiados. — Sinto muito mesmo...

Então, às suas costas, surgindo de trás da borda do penhasco, como se carregados pela cortina cintilante de neve, eles chegaram: silhuetas de bronze, cheias de braços e armamentos que se agitavam e retorciam como antenas de insetos.

Hastes de olho giraram, fixando-se no Doutor e em seu grupo, que se encolhia na ponta do penhasco. Olhos azul-brilhantes, implacáveis, fitaram-nos do alto.

— **ALTO!** — guinchou o Dalek mais próximo, as luzes da cúpula tremeluzindo em triunfo. — **NÃO SE MOVAM... OU SERÃO EXTERMINADOS!**

Não havia para onde fugir. Ficaram ali, parados, indefesos, vendo os Daleks se aproximarem flutuando.

— **VOCÊS AGORA SÃO PRISIONEIROS DOS DALEKS!**

# Capítulo 15

Os Daleks desceram lentamente até roçarem a superfície das rochas.

Os mutantes nativos de Arkheon imediatamente se dispersaram, virando-se e fugindo em busca de abrigo ou sumindo em buracos no solo, seus trapos serpenteando enquanto desapareciam da vista. Em um instante, não havia mais sinal de que eles já houvessem existido; de fato, fantasmas.

— **RESISTAM E SERÃO EXTERMINADOS** — rangeu o primeiro Dalek, e deslizou até onde a tripulação da *Peregrina* se encolhera. O olho vagueou, examinando-os de alto a baixo com desprezo. — **VOCÊS SÃO NOSSOS PRISIONEIROS** — repetiu ele em voz alta. — **OBEDECERÃO AOS DALEKS!**

Bowman segurava a arma com tanta força que os nós dos dedos estavam brancos. Estava a uma fração de segundo de abrir fogo quando o Doutor disse:

— Desista. Tente alguma estupidez e vai ser exterminado na mesma hora.

— Então, o que a gente faz? — chiou Vanguarda, a voz falhando de raiva e medo. Ele também estava a um passo trêmulo de disparar o fuzil.

O Doutor simplesmente ergueu as mãos.

— Vamos nos render.

Houve um momento tenso, mas nem Bowman nem Vanguarda se mexeram.

O Dalek voltou-se para o Doutor:

— VOCÊ É O LÍDER DESSE GRUPO?

— Não, não é — respondeu Bowman. — Sou eu.

A cúpula do Dalek virou-se, o olho focado no capitão, cujo rosto, refletindo o fulgor azul, parecia feito de pedra.

— DESCARTEM SUAS ARMAS — mandou a criatura.

Ninguém se mexeu.

— IMEDIATAMENTE! — guinchou o Dalek. — OBEDEÇAM!

— Façam o que ele diz — mandou Bowman depois de uma pausa.

Ele soltou a blaster, que caiu a seus pés. Vanguarda jogou o fuzil no chão. Scrum também se livrou de sua arma.

— Não tenho armas — avisou o Doutor. — E essa pessoa também não. — Indicou Koral com um gesto de cabeça.

Um Dalek se aproximou, estendendo o braço com o desentupidor. O aparato esquadrinhou o Doutor e Koral brevemente.

— NÃO FOI DETECTADA NENHUMA ARMA DE ENERGIA OU PROJÉTEIS.

— Eu disse — respondeu o Doutor em voz baixa.

— SILÊNCIO! — rosnou o Dalek. Virou a cabeça para o outro par de criaturas. — DESTRUAM AS ARMAS.

Os Daleks se aproximaram deslizando, prepararam os canos das armas acopladas ao corpo e apontaram para o armamento no chão. Houve um breve clarão, e as peças descartadas derreteram em uma poça disforme.

Koral tremia violentamente. O Doutor percebeu que ela estava prestes a fugir ou atacar. Conhecendo-a, imaginou que provavelmente seria a segunda opção. Ambas resultariam em morte.

Bowman também havia notado. Por isso, pousou a mão no ombro dela.

— Calma.

Koral se voltou para ele, os olhos em chamas. O capitão simplesmente assentiu. Ele entendia.

— Você é a última de Céu Rubro Perdido — disse suavemente. Sua voz era como o ronronar de um tigre. — Precisa continuar viva.

Scrum também estava visivelmente trêmulo. Mas isso se devia ao simples terror. Havia coberto a boca com a mão, como se tentasse impedir o vômito. Vanguarda o cutucou com o cotovelo.

— Relaxe, camarada.

Scrum assentiu, mas manteve a mão na boca. Os olhos estavam tão arregalados que pareciam círculos perfeitos.

— ACOMPANHEM-NOS — guinchou o líder Dalek, voltando-se para o despenhadeiro.

— Pelo menos vocês usam rodinhas — resmungou baixinho o Doutor. — Porque eu nunca seguiria seus passos...

A cúpula do Dalek girou completamente, o olho fixo no Doutor.

— Não disse nada — disse ele em tom inocente.

— CAMINHEM NA MINHA FRENTE — mandou o Dalek, deslizando para se posicionar atrás do grupo. — ANDEM! A DESOBEDIÊNCIA RESULTARÁ EM EXTERMÍNIO INSTANTÂNEO.

— Vamos — disse o Doutor no tom mais descontraído possível. Enfiou as mãos nos bolsos da calça e seguiu tranquilo para a borda do penhasco. Ao passar, sussurrou no ouvido de Scrum: — Venha comigo. Vou dar um jeito.

O técnico o olhou, inseguro.

— Sério?

O Doutor ergueu as sobrancelhas, fazendo cara de "É lógico!".

— Já fiz isso várias vezes.

Scrum o seguiu, caminhando decididamente rumo à borda, na direção para a qual os Daleks os conduziam. Quando chegaram ao precipício, pararam. Bowman, Koral e Vanguarda se juntaram a eles. Ninguém queria chegar perto demais do abismo.

— O que eles vão fazer? — perguntou Vanguarda. — Jogar a gente lá embaixo?

Um pesado ranger de máquinas já tomava o ar enquanto uma superfície de metal, grande e achatada, subitamente surgia, adjacente à beira da rocha. Havia dois Daleks na plataforma, um deles posicionado perto de um pequeno pódio de controle. Ele usou o braço de sucção para operá-lo e a plataforma se aproximou da borda, pairando sobre propulsores antigravidade.

— Um elevador! — exclamou o Doutor. — Muito prático. Venham, vamos embarcar.

Seguiu na frente, saltando levemente para a plataforma, que oscilou de modo quase imperceptível sob seu peso, como uma jangada flutuando em um lago. Havia espaço para uma dúzia de pessoas, mas os Daleks simplesmente flutuaram para fora do penhasco, ao lado da máquina.

— Parece que já estavam nos esperando — comentou Bowman.

— É — concordou o Doutor. Respirou fundo. — Gravidade, atmosfera, tudo isso. Estão nos dando tratamento VIP. — Olhou atentamente para Bowman. — Por que acha que estão fazendo isso?

O capitão deu de ombros, sem responder.

A plataforma começou a baixar. Em dado momento, já nem podiam ver o topo do penhasco, que assomava apenas como uma muralha vasta e negra, obscurecendo metade do espaço. O Doutor foi até o limite da superfície e espiou. Abaixo, o centro exposto de Arkheon ardia e crepitava como um caldeirão no fogo.

— Sabe — disse em tom casual ao Dalek que controlava o painel —, esta é mesmo uma vista incrível. Simplesmente *linda*. Que pena, vocês tinham que vir estragar.

O Dalek nada disse. A plataforma continuou a descer.

— Então, para que tudo isso, hein? — perguntou o Doutor. — Deixe-me adivinhar. Vocês vão substituir o núcleo derretido por um sistema de controle e sair pilotando o planeta pela galáxia? Ver a paisagem?

— SILÊNCIO! — guinchou o Dalek.

— Só estou tentando puxar conversa — retrucou o Doutor em tom magoado. Esperou uma resposta, mas só recebeu silêncio.

A plataforma passou pela borda superior de uma enorme caverna. A parede sólida do magma planetário subitamente deu lugar a uma vasta cavidade na rocha. Era impossível saber se era uma fissura natural ou deliberadamente escavada, mas havia espaço suficiente para vários hangares de espaçonaves. A máquina entrou na caverna, movendo-se lentamente dentro do planeta em si. Abaixo deles havia uma rede imensa e metálica de passarelas entrecruzadas e áreas de aterrissagem. Daleks deslizavam ao longo das passarelas, por plataformas, por corredores. Em um nível havia filas compactas de Daleks, todos se movendo em uníssono, desaparecendo em outra caverna, mais profunda e escura.

— Inferno. — Vanguarda arfou. Em toda a vida, nunca tinha visto tantos Daleks juntos. — Agora a gente está mesmo no...

— Eu deveria ter percebido antes — interrompeu o Doutor. Não tentava fingir descontração agora. — Deveria mesmo.

— Como assim? — perguntou Scrum.

— Eles estavam aqui o tempo todo — respondeu ele. Sua expressão era sombria e pesarosa. — Olhe só para este lugar! Devem ter levado anos para construir e desenvolver uma base como esta. Pensamos que os Daleks estivessem procurando Arkheon, mas eles já acharam o planeta há muito tempo e se mudaram para cá.

— Acho que é pior do que isso — disse Bowman.

Vanguarda soltou um suspiro frustrado.

— Dá para vocês pararem de dizer isso? "É pior que isso" e "As coisas vão ficar muito piores"! Droga! Ainda dá para *piorar*?

— Muito — respondeu o capitão. — Acho que sei o que é este lugar. Ouvi rumores de que os Daleks tinham uma base ultrassecreta para onde levavam todos os prisioneiros importantes a fim de fazer interrogatórios e experimentos.

— *Sem chance* — exclamou Vanguarda, incrédulo. — Interrogatórios? *Experimentos?* Está falando sério?

— Daleks adoram prisioneiros — disse o Doutor. — Assim têm a sensação de serem poderosos. Não há nada que amem mais do que dominar as espécies inferiores. Humilhação, tortura, escravidão. É disso que eles gostam.

Vanguarda balançou a cabeça.

— Você não está ajudando em nada, camarada.

O Doutor voltou-se para Bowman:

— Essa base ultrassecreta. Você se lembra de mais alguma coisa sobre ela?

— Por quê? — O tom do capitão foi gelado. Seu rosto recuperou a aparência pétrea enquanto ele se preparava para o que vinha a seguir.

— Qualquer coisa pode ser útil.

— Não conte com isso. O lugar era chamado de "Buraco Negro" porque nada que entrava saía. Ninguém, e *ninguém mesmo*, jamais escapou desse lugar. É uma passagem só de ida.

— **CESSAR CONVERSAS!** — Um dos Daleks aproximou-se deles, a arma e o braço estremecendo, ansiosos. — **OS PRISIONEIROS FARÃO SILÊNCIO!**

Ninguém deu um pio enquanto a plataforma continuava a descer pela prisão Dalek. Sempre que passavam por mais Daleks, hastes de olho viravam-se devagar e cúpulas giravam, examinando-os. Era como se cada um os examinasse minuciosamente, olhando-os com um misto de ódio e ressentimento e, talvez, um quê de curiosidade. Os prisioneiros se agruparam. Koral ficou perto de Bowman, de forma que ele pudesse pôr a mão no ombro dela.

Logo a plataforma pousou em uma ampla área de recepção. Daleks deslizavam de um lado para outro, observando-os atentamente. Dois foram recebê-los.

— **DESÇAM DA PLATAFORMA** — guinchou o primeiro.

Os prisioneiros lentamente obedeceram. O Dalek na máquina cutucou as costas de Vanguarda com o braço de sucção, empurrando-o e fazendo-o tropeçar.

— **ANDE! RÁPIDO! OBEDEÇA AOS DALEKS!**

Vanguarda olhou-o com raiva.

— Não empurre, não, lata-velha.

O Dalek aproximou-se flutuando, o olho azul e bulboso fixo no humano.

— **SILÊNCIO!**

Vanguarda continuou a encará-lo, o rosto refletindo a luz.

— Não fique balançando esse olho na minha cara, seu pedaço de lata. Isso dá uma boa grana lá na Terra.

— **FIQUE QUIETO OU SERÁ EXTERMINADO!**

— Certo, vá com calma — disse Bowman. — Já chega, Vanguarda. Não vamos irritá-los. É fácil demais.

Fungando com desdém, Vanguarda se virou.

— Você é quem manda, chefe.

O Dalek o contornou lentamente, examinando-o de todos os ângulos possíveis.

— **VOCÊ OBEDECERÁ AOS DALEKS. DE AGORA EM DIANTE, RECEBERÁ ORDENS SOMENTE DOS DALEKS. ESSE HUMANO NÃO É MAIS SEU COMANDANTE.**

— Ele nunca foi meu comandante — respondeu Vanguarda, dando de ombros. — É só um cara que eu curto.

O Doutor, bem discretamente, observava a conversa com atenção. Não sabia se fazia uma careta ou aplaudia. Mas Vanguarda estava jogando um jogo perigoso; a linha entre provocação e suicídio era muito tênue quando se tratava dos Daleks.

Aquele Dalek em especial já havia sido levado ao estágio dos berros.

— **OBEDEÇA AOS DALEKS! VOCÊ OBEDECERÁ!**

— Só lembre — disse Vanguarda friamente — que esse olho aí vai ser *meu*.

— **SILÊNCIO!**

O braço do Dalek subitamente se estendeu e o desentupidor agarrou-se ao peito de Vanguarda. O desentupidor negro o segurou e sugou, e Vanguarda deu um grito. Então o Dalek o soltou, deixando-o cair no chão, ofegante e esfregando o peito.

Scrum o ajudou a se levantar.

— Você vai acabar se matando!

— **O PRÓXIMO A FALAR SEM PERMISSÃO SERÁ EXTERMINADO** — rosnou um dos outros Daleks. — **AGORA, REMOVAM SEUS TRAJES.**

Devagar, os prisioneiros desafivelaram as pesadas jaquetas de inverno e as jogaram no chão. As bravatas de Vanguarda podiam ter sido inspiradoras, mas ele quase pagara por elas com a vida. O Doutor estava tentando ser discreto e se misturar ao grupo, mantendo a cabeça baixa, mas Koral já tinha visto o bastante. Ela o fitava com curiosidade, mas ele fingiu não notar e baixou o olhar para os tênis de lona.

Dois Daleks se aproximaram do grupo, os braços estendidos.

— **OS PRISIONEIROS SERÃO ESCANEADOS E CLASSIFICADOS** — disse um. — **SEPAREM-SE! MOVAM-SE!**

O pequeno grupo se dispersou até estarem enfileirados, mas distantes uns dos outros. O primeiro a ser examinado foi Scrum. Os desentupidores vaguearam por ele, emitindo estranhos chilreios eletrônicos.

— **ESPÉCIE: HUMANA.** — O Dalek pronunciou a palavra como se tivesse sabor amargo. — **MACHO. CAPACIDADE FÍSICA: NÍVEL CINCO PONTO NOVE. UTILIDADE SECUNDÁRIA.**

— Secundária? — repetiu Scrum, ofendido.

Os Daleks examinaram Vanguarda:

— **ESPÉCIE: HUMANA. MACHO. CAPACIDADE FÍSICA: NÍVEL SETE PONTO CINCO. ADEQUADO. VOCÊ SERÁ LEVADO À MINA PARA TRABALHAR PARA OS DALEKS.**

Eles então se aproximaram de Koral, que estava perto de Bowman.

— ESPÉCIE: DESCONHECIDA — anunciou um dos Daleks. — FÊMEA. CAPACIDADE FÍSICA: NÍVEL NOVE PONTO QUATRO. ADEQUADA. SERÁ LEVADA À MINA PARA TRABALHAR PARA OS DALEKS.

Koral olhou temerosa para Bowman. Ele esticou a mão e apertou a dela suavemente. Foi alívio o que ela viu nos olhos dele: alívio por ela não ter sido declarada perigosa demais e morta ali mesmo.

Os Daleks prosseguiram, agora examinando o capitão. A coluna dele estava ereta, os ombros empertigados, o queixo empinado, quase como se estivesse de volta ao exército.

— ESPÉCIE: HUMANA. MACHO. CAPACIDADE FÍSICA: NÍVEL SETE PONTO SEIS. ESPERE! — Algo atraiu a atenção do Dalek. — ESTENDA O BRAÇO.

Depois de uma breve pausa, Bowman esticou o braço esquerdo.

O olho do Dalek focou-se na pequena cicatriz branca que passava pelo antebraço.

— EVIDÊNCIA DE REMOÇÃO DE UM TRANSMISSOR SUBCUTÂNEO!

Outro Dalek se aproximou, o olho azul fixo na cicatriz.

— RAIOS X CONFIRMAM QUE O TRANSMISSOR FOI REMOVIDO.

— Transmissor? — sussurrou Scrum. — Que transmissor?

— E eu sei lá, cara — murmurou Vanguarda em resposta. — Mas Bowman não está contente.

O capitão olhou com firmeza pétrea para o Dalek e baixou o braço.

— Acho que é seu dia de sorte — grunhiu ele.

— O que está acontecendo? — perguntou Scrum. Assim como os outros, ele percebia que algo estava errado, e sua curiosidade, acesa pelo pânico, foi o bastante para fazê-lo esquecer a ordem de ficar em silêncio.

Mas os Daleks estavam ocupados demais com Bowman para notá-lo.

— DÊ UM PASSO À FRENTE! AJOELHE-SE!

— Não vou me ajoelhar para vocês — respondeu ele.

O Dalek atrás de Bowman simplesmente ergueu o braço do desentupidor, mirando a parte de trás do joelho esquerdo do homem. A perna de Bowman dobrou-se e ele caiu no chão de metal com um grunhido.

Koral tentou se aproximar, claramente alarmada, mas o Doutor esticou a mão e segurou-lhe o braço, balançando a cabeça levemente. Ela o encarou em desespero.

— INICIAR ESCANEAMENTO CEREBRAL!

Dois Daleks estenderam os desentupidores para a cabeça de Bowman, cercando-o. Ouviu-se um ruído estridente, cortante, e o capitão arfou de dor, gotículas de saliva saltando dos lábios.

— Deixem-no em paz! — gritou Scrum, adiantando-se, mas Vanguarda o segurou, puxando-o para trás.

O Doutor também teve que segurar Koral outra vez para impedi-la de atacar fisicamente os Daleks.

— Não seja idiota! — sibilou ele.

Os aparatos de sucção se retraíram e Bowman caiu para a frente, apoiado nas mãos e nos joelhos. Ele tremia violentamente, a cabeça pendendo entre os braços, lutando contra a ânsia de vômito. Os desentupidores haviam deixado vergões vermelhos em seu rosto.

Os Daleks estavam guinchando uns para os outros, agitados.

— ALERTA! INFORMEM O COMANDANTE! PRISIONEIRO IDENTIFICADO COMO MAJOR ESPACIAL JON BOWMAN!

— OBEDECEMOS! — gritou um par de Daleks.

— Major espacial? — repetiu Vanguarda. Parecia chocado. — *Major espacial?*

— Desde quando? — perguntou Scrum.

— Desde sempre — respondeu o Doutor. — Lembra quando Auros foi destruído? Bowman sabia o que era o Princípio de Osterhagen. Só membros superiores do exército terrestre teriam acesso a esse tipo de informação. Não admira os Daleks estarem tão animados... não deve ser sempre que eles capturam alguém assim tão importante.

— Importante? — Vanguarda franziu o cenho. — Ele não é importante. Bom, pelo menos não assim.

— Pelo visto os Daleks discordam.

Nesse momento, um novo Dalek chegou. Tinha uma armadura de bronze similar à dos outros, mas estes obviamente eram seus subalternos, pois recuaram ligeiramente para lhe permitir acesso aos prisioneiros. O Doutor supôs que aquele deveria ser o Dalek designado como comandante-geral da prisão.

— DE PÉ! — ordenou o comandante Dalek, crescendo para cima de Bowman. — DE PÉ IMEDIATAMENTE!

Koral o ajudou a se levantar. Ele estava trêmulo, atipicamente pálido e sem forças. Os olhos estavam turvos e a expressão, confusa. Koral voltou-se para o comandante Dalek e cuspiu:

— Deixe-o em paz! Não toque nele ou rasgo você ao meio!

— **SOLTE O PRISIONEIRO!** — O cuspe já estava evaporando na cúpula do Dalek em um sopro patético de vapor. — **ELE SERÁ LEVADO PARA UMA ESCORIAÇÃO CEREBRAL COMPLETA.**

— Vão ter que me matar primeiro! — rugiu Koral, e saltou no Dalek mais próximo, exibindo as garras e arrancando fagulhas da armadura.

Os dois Daleks equipados com tenazes já haviam se adiantado e agora a cercavam. Agarraram-lhe os braços e praticamente a ergueram do chão. Koral chutava e se debatia.

— **VOCÊ OBEDECERÁ AOS DALEKS** — disse o comandante Dalek.

— Por que não me extermina de uma vez? — berrou ela.

— **NÃO É NECESSÁRIO** — declarou ele. — **VOCÊ DEVE TRABALHAR NAS MINAS. MAS DESOBEDECEU AOS DALEKS. UM MEMBRO DO SEU GRUPO SERÁ PUNIDO.**

Bowman ergueu o olhar, zonzo.

— Não... — resmungou.

O Dalek se aproximou.

— **O MEMBRO MAIS FRACO MORRERÁ** — disse.

Vanguarda ofegou.

— Não! — gritou ele, sabendo exatamente o que isso significava.

— **INCAPACITE ESTE HUMANO** — ordenou o comandante.

Um dos Daleks baixou a arma, mirando as pernas de Vanguarda, e atirou. Um clarão azul brilhante iluminou a área e Vanguarda desabou no chão. Ficou deitado ali, as mãos arranhando o metal, sem apoio. Suas pernas estavam totalmente imóveis.

— Não consigo sentir minhas pernas! — gritou ele.

— **VOCÊ SOFREU DANO NEUROLÓGICO TEMPORÁRIO** — informou um dos Daleks. — **A MOBILIDADE VOLTARÁ NO DEVIDO TEMPO.**

Vanguarda xingou o Dalek, completamente incapaz de se levantar. Lágrimas quentes de dor e frustração escorriam por seu rosto.

Scrum assistia a tudo pálido de medo. Mal conseguia respirar. Sabia exatamente o que viria a seguir, mas seu cérebro, em geral tão veloz, simplesmente havia deixado de pensar. Estava mudo por completo. A boca se abriu sem nada dizer quando dois Daleks lentamente se voltaram para ele.

— EXTERMINEM ESTE HUMANO — ordenou o comandante Dalek.

Os raios idênticos acertaram Scrum em cheio no peito, iluminando-o com uma carga reluzente e letal. Ele gritou e seus braços se abriram, os ossos visíveis através da carne irradiada. Em seguida, caiu no chão, estatelado no metal, ao lado de Vanguarda.

— Não… — disse Vanguarda, quase sem voz. — *Por favor, não…*

O rosto de Scrum se virou um pouco de lado, e Vanguarda viu que os olhos ainda estavam abertos, mas carbonizados, negros e completamente mortos.

# Capítulo 16

O cadáver fumegante de Scrum jazia entre os prisioneiros dos Daleks.

Tudo o que se ouviu nos minutos seguintes foi o latejar persistente e monótono do maquinário.

— Não havia necessidade disso — sussurrou o Doutor, sem erguer o olhar. Fitava o corpo, os punhos fechados com força. — Ele não teria ferido ninguém.

— **ELE NÃO TINHA UTILIDADE PARA NÓS** — respondeu o comandante Dalek. A voz rangeu nos nervos do Doutor, que fechou os olhos para bloquear o que via.

— Vocês vão pagar por isso — disse Vanguarda, tentando sentar-se ereto no chão, os dentes trincados enquanto a dor agonizante lhe tomava as pernas. — Vou fazer vocês pagarem.

Um dos Daleks contornou-o, a haste de olho fixo nele.

— **SILÊNCIO. VOCÊ SERÁ LEVADO ÀS MINAS E FORÇADO A SERVIR AOS DALEKS.**

— Não! Nunca! É melhor me matar agora, sua lata de...

— Vanguarda! — vociferou Bowman. — Deixe disso. Só... fique vivo pelo tempo que puder.

Vanguarda o encarou com os olhos marejados. Havia um mundo de desespero naqueles olhos, que se voltaram para a única pessoa que já acreditara nele, procurando esperança, razão, qualquer coisa.

— Como? — perguntou por fim.

— Garoto — disse Bowman —, apenas faça o melhor que puder.

O comandante Dalek aproximou-se do capitão da *Peregrina*.

— VOCÊ SERÁ LEVADO PARA UM INTERROGATÓRIO INVASIVO. O PROCESSO ENVOLVE ESCORIAÇÃO E CIRURGIA CEREBRAL. VOCÊ NÃO SOBREVIVERÁ.

Bowman não respondeu. Apenas olhou o Dalek no olho, o rosto impassível como rocha.

O Dalek chegou mais perto e então guinchou, quase exultante:

— A INFORMAÇÃO QUE VOCÊ POSSUI SERVIRÁ AOS DALEKS. SERÁ USADA PARA NOS AUXILIAR EM NOSSA VITÓRIA E NA DESTRUIÇÃO DA RAÇA HUMANA.

— Aham, claro — grunhiu Bowman. — Conte uma novidade.

— VOCÊ OBEDECERÁ AOS DALEKS!

O capitão ergueu a sobrancelha.

— É mesmo? E se eu decidir não obedecer? E se eu disser que você pode pegar essa sua arma e...

— SILÊNCIO!

— Por quê? O que vai fazer comigo, Dalek? Sou valioso demais para ser exterminado. Você precisa de mim vivo para me interrogar, lembra? Para ajudá-los a aniquilar a humanidade ou algo do tipo.

O Dalek estremeceu, agitando o braço e a arma, irritado. As luzes em sua cabeça piscavam loucamente quando ele respondeu:

— VOCÊ SERÁ OBRIGADO A COOPERAR. SE NECESSÁRIO, SERÁ PERMANENTEMENTE INCAPACITADO E LEVADO À CÂMARA DE INTERROGATÓRIO À FORÇA.

Bowman se empertigou, empinando os ombros.

— Esqueça. Vou andando. Para que lado fica sua câmara de interrogatório, afinal?

Novamente, o Doutor sentiu vontade de aplaudir. Lá estava Scrum, assassinado a sangue-frio, e Vanguarda, com as pernas paralisadas, prestes a ser arrastado com Koral para sabe-se lá onde. Bowman, porém, aquele ser humano grande, brutal, teimoso e irresistível, ainda havia encontrado uma forma de manter a dignidade.

Koral tinha outras ideias. Tentou se libertar dos guardas, mas era impossível. Nem mesmo seus tendões alienígenas conseguiam vencer a força das tenazes dos Daleks. Ela se impulsionou na direção de Bowman, a espinha curva como um arco e as presas à mostra, mas não adiantou.

Ele a viu e apenas balançou a cabeça.

— Vou ficar bem — mentiu.

— Não — respondeu Koral. A voz saiu como um ganido patético. Ela se voltou para o Doutor. — Por favor... você não pode deixar que o levem.

O Doutor engoliu em seco.

— Não tenho como detê-los, Koral.

— Tem, sim! Você *sabe* que tem!

Ele fez que não com a cabeça.

— Não posso.

— Do que ela está falando, cara? — perguntou Vanguarda. — O que ela está dizendo?

O Doutor desviou o olhar.

— Nada. Ela não sabe do que está falando.

— Sei, sim! — Os olhos de Koral chamejaram. Ela olhou para Bowman, que estava parado com uma expressão levemente intrigada no velho rosto de pedra. Então, ela se voltou para o Doutor: — Você conhece o futuro. Você o viu. Sabe o que acontece. Sabe *mais* do que ele.

— Koral, pare — ordenou o Doutor. — Você não entende!

— Entendo que vão levá-lo para cortar o cérebro dele! — gritou ela. — E você só fica aí, parado, deixando que façam isso! E ele não sabe *nada*! Não sabe nada se comparado a você!

O Doutor deu um passo na direção dela. Ao redor, todos os Daleks também se voltaram para observar a cena.

— Não é assim que funciona. Não posso deixar isso acontecer.

Dessa vez, Koral não respondeu. Simplesmente encarou o Doutor com um ar de total desespero.

Ele desviou o olhar.

Viu Bowman balançar a cabeça lentamente. Sua mensagem era clara: *Não faça isso.*

— **LEVEM JON BOWMAN PARA A SALA DE INTERROGATÓRIO** — ordenou o comandante Dalek.

Dois Daleks começaram a conduzir Bowman em direção a uma rampa que levava ao interior da base Dalek. Ele foi na frente, de cabeça erguida e ombros empinados. Não olhou para trás.

— Esperem — pediu o Doutor.

O comandante Dalek virou-se para encará-lo.

O Doutor limpou a garganta.

— Podemos conversar em particular?

— **FALE** — mandou o Dalek.

— Bom, isso vai ser meio embaraçoso...

— **EXPLIQUE!**

— Olhe, eu realmente odeio quando as pessoas dizem esse tipo de coisa, mas... *Você sabe quem eu sou?*

O Dalek nada disse. Simplesmente o fitou.

O Doutor se aproximou dele, baixando ligeiramente a cabeça para que sua boca chegasse ao nível da grade no pescoço do Dalek. Ignorando o vapor oleoso e tóxico que escapava dali, ele se inclinou, chegando um pouco mais perto.

E sussurrou uma coisa.

O efeito que produziu no Dalek foi literalmente elétrico. As lâmpadas em sua cabeça brilharam involuntariamente e, de súbito, ele se afastou, braço, arma e olho agitando-se como as antenas de uma barata desesperada.

— **ALERTA!** — gritou ele, a cabeça girando de um lado para outro. — **ALERTA! ESCANEIEM ESTE PRISIONEIRO!**

Dois Daleks se adiantaram, os desentupidores estendidos.

O Doutor se ergueu, as mãos para o alto.

— Venham — disse, com um sorriso e uma piscadela. — Vocês estão loucos para fazer isso.

Os desentupidores escanearam seu corpo de cima a baixo, e então ambos os Daleks se alvoroçaram. Pareceram até recuar ligeiramente, dando ao prisioneiro um pouco mais de espaço.

— **EMERGÊNCIA!** — gritou um deles. — **EMERGÊNCIA! É O DOU-TOR!**

— São os dois corações, não é? — perguntou o Doutor. — Eles sempre me entregam.

Vários Daleks repetindo as palavras, uma nota de pânico penetrando suas vozes:

— **É O DOU-TOR! É O DOU-TOR!**

— Por favor. — Ele sorriu modestamente. — Sem autógrafos.

O comandante Dalek mirou a arma no Doutor.

— **NÃO SE MOVA! NÃO SE MOVA! VOCÊ É O DOU-TOR! É UM INIMIGO DOS DALEKS. SERÁ EXTERMINADO!**

— Ah, deixe disso. Você não vai me exterminar antes de me interrogar, vai? — Ele olhou para os Daleks reunidos. — Pelo menos uma sessãozinha rápida de perguntas e respostas. Não?

Por toda a vasta caverna metálica, uma onda de agitação espalhou-se entre as fileiras dos Daleks, com o Doutor bem no centro.

Mesmo sem querer, Vanguarda estava impressionado.

— Camarada, você marca presença *mesmo*. O que foi que você disse para eles?

— Só o bastante para fazer o major espacial Bowman parecer o terceiro melhor prêmio em um sorteio. Desculpe por isso. — Voltou-se para Bowman, dando de ombros como quem lamenta. — Receio que eles não estejam tão interessados em você agora. Tente não ficar muito deprimido.

— Sempre soube que você estava escondendo alguma coisa — respondeu Bowman. — No final das contas, você é o Inimigo Número Um dos Daleks. Parabéns.

O Doutor assentiu com tristeza.

— Eu sei. A gente descobre cada coisa, não é?

— **SILÊNCIO!** — gritou o comandante Dalek. — **NÃO FALE! VOCÊ É UM PRISIONEIRO DOS DALEKS! SERÁ LEVADO PARA INTERROGATÓRIO! E DEPOIS SERÁ EXTERMINADO! EXTERMINADO!**

— Vocês sempre fazem eu me sentir tão querido.

Para o Dalek, isso foi demais. O braço de sucção bateu no estômago do Doutor, que se dobrou em dois, sem ar. Enquanto ele caía no chão, arfando, o comandante Dalek voltou-se para Bowman:

— **VOCÊ SERÁ LEVADO E AGUARDARÁ O INTERROGATÓRIO. OS OUTROS MEMBROS DE SUA EQUIPE SERÃO LEVADOS PARA TRABALHAR NAS MINAS DO NÚCLEO.**

Dois Daleks ergueram Vanguarda do chão. Pendurado como uma marionete, ele foi carregado com Koral por uma porta que levava para as profundezas da prisão.

Koral olhou para trás, para Bowman, e gritou:

— Eu volto para buscar você!

Em seguida, a porta se fechou e ele soube que nunca mais a veria.

# Capítulo 17

O Doutor foi encaminhado até uma sala de segurança para ser escaneado novamente. Embora otimista por natureza, até ele precisava admitir que as coisas não estavam indo lá muito bem. Foi forçado a se sentar em uma máquina que lembrava uma cadeira elétrica.

O equipamento zumbiu e telas circulares ao redor da área de escaneamento encheram-se de informações enquanto o Doutor era examinado a nível molecular. Daleks vagavam pela sala, verificando instrumentos e monitores. A atmosfera era elétrica de diversas formas: o Doutor notou que sua chegada realmente havia causado uma perturbação violenta.

O comandante Dalek se aproximou deslizando.

— **VOCÊ SERÁ LEVADO A UMA CELA DE SEGURANÇA MÁXIMA PARA AGUARDAR O INTERROGATÓRIO.**

— Sério, eu não quero incomodar… — disse o Doutor.

— **A NOTÍCIA DE SUA CAPTURA CHEGOU A SKARO.**

— Ah. Bom, dizem que notícia ruim chega depressa.

— **O DALEK SUPREMO AUTORIZOU A UNIDADE DE INTELIGÊNCIA PRIMÁRIA A EXTRAIR TODAS AS INFORMAÇÕES NECESSÁRIAS VIA SONDA MENTAL. O PROCEDIMENTO SE MOSTRARÁ FATAL. O INTERROGATÓRIO SERÁ CONDUZIDO PELO INQUISIDOR-GERAL DALEK.**

O Doutor ergueu as sobrancelhas, surpreso.

— Quer dizer que o Dalek Supremo mandou *outro* me interrogar? Isso é um insulto. É revoltante. O mínimo que ele podia fazer era vir pessoalmente. Tem coisa mais importante para fazer, é?

O olho do comandante Dalek pareceu imenso quando ele se aproximou, as luzes na cabeça brilhando em uma ameaça calculada.

— O DALEK SUPREMO ESTÁ MUITO OCUPADO LIDERANDO A GUERRA CONTRA A TERRA! QUANDO O INQUISIDOR-GERAL TERMINAR O INTERROGATÓRIO, VOCÊ DESEJARÁ QUE O DALEK SUPREMO TIVESSE VINDO NO LUGAR DELE!

Koral tentava não pensar em Bowman. Fora tomada pela raiva e pelo medo, e isso poderia ter lhe custado tudo. Precisava continuar viva e, de alguma forma, voltar para buscá-lo. O Doutor havia desviado a atenção dos Daleks, mas ela sabia que esse alívio era apenas temporário.

A base estalava devido à eletricidade estática e o ar metálico cheirava a óleo e ódio. Vanguarda mal conseguia andar e era forçado a se apoiar em Koral. Os dois cambalearam um pouco quando o elevador que os levava para baixo, até as celas da prisão, desacelerou e parou, abrindo as portas. Os Daleks os empurraram para uma passarela estreita sobre uma vasta caverna. As paredes rusticamente talhadas formavam no alto arcos de uma catedral de estalactites.

O lugar era incrivelmente quente. Saiu do elevador foi como entrar em um forno. Enquanto caminhavam pela rampa, descendo em meio a uma camada de névoa densa e abrasadora, o chão subitamente se tornou visível: blocos irregulares de granito negro separados por detritos vulcânicos e riachos borbulhantes de lava vermelha.

Ali, por toda parte, havia pessoas: seres humanos acorrentados uns aos outros e colocados para trabalhar com picaretas e pás, quebrando rochas, carregando-as para barris pesados e primitivos.

Flutuando entre as nuvens de vapor e pairando sobre a lava brilhante havia guardas Daleks, a armadura de bronze encardida e esburacada, as cúpulas girando constantemente à procura de sinais de problema ou fraqueza nos escravos. Os olhos azuis fulguravam na bruma ardente com determinação implacável e letal.

— UNIDADE DE TRABALHO DELTA — guinchou um dos Daleks. — SUA TAXA DE PRODUÇÃO CAIU ABAIXO DA TOLERÂNCIA MÍNIMA. SEU RENDIMENTO É INSATISFATÓRIO!

Quatro homens se entreolharam, receosos, quando o Dalek se aproximou.

Estavam magros, emaciados, claramente exaustos e acorrentados um ao outro. Um deles, com poucos fiapos de cabelo grisalho, simplesmente caiu sentado em uma pedra próxima e afundou o rosto nas mãos.

— Não aguento mais...

— Não é culpa nossa! — gritou outro homem, mais jovem e saudável, apontou para o velho enfraquecido na rocha, as correntes tilintando com o movimento. — Ele está nos atrasando. Não consegue mais trabalhar. Está doente!

— **UNIDADES DE TRABALHO INEFICIENTES SERÃO SUBSTITUÍDAS** — afirmou o Dalek, sem piedade.

Outros dois Daleks desceram devagar para se juntar a ele.

— **EXTERMINAR!**

Abriram fogo sem dizer nada, atingindo os quatro membros do grupo de escravos. Os homens gritaram e se retorceram com o raio de energia, depois afundaram na lava. Em minutos, haviam desaparecido, não deixando nada além de uma camada de lodo borbulhante na superfície de rocha derretida e, no ar, o fedor de carne queimada.

— **ADIANTEM-SE!** — ordenou o Dalek que havia levado Koral e Vanguarda para a mina.

Eles obedeceram. Koral tentava manter o colega de pé. As pernas dele tremiam quando tentava andar.

O Dalek da mina virou-se, olhando-os por um longo momento.

— **VOCÊS AGORA SERÃO A UNIDADE DE TRABALHO DELTA.**

— Esse homem está ferido — argumentou Koral. — As pernas dele foram atingidas. Ele não pode trabalhar.

— **ENTÃO ELE SERÁ EXTERMINADO!**

— Não, calma aí! — gritou Vanguarda, erguendo a mão. — Calma aí. Eu vou ficar bem. Posso trabalhar.

— **CONSEGUE FICAR DE PÉ SEM AUXÍLIO?** — guinchou o Dalek.

— Consigo.

Vanguarda soltou o braço de Koral. Ele rilhou os dentes, claramente sofrendo muito, mas conseguiu ficar em pé sem ajuda. Koral percebeu que ele simplesmente não daria aos Daleks a satisfação de matá-lo.

— **SATISFATÓRIO** — zumbiu o Dalek.

Vanguarda sorriu em meio à dor.

— É isso aí.

Bowman andava de um lado para outro, como um animal selvagem enjaulado. A cela não tinha mais que uns poucos metros quadrados, paredes e chão maciços. Sem janelas. Uma luz branca desagradável lhe batia na cabeça.

Havia dois bancos estreitos em paredes opostas uma à outra. Ele tentava ficar sentado, mas não conseguia. A raiva dentro dele se agitava feito uma fera. Queria socar as paredes, chutar a porta, rasgar com as próprias mãos a primeira coisa que aparecesse.

A porta da cela zumbiu e o Doutor foi jogado lá dentro. Atingiu o chão pesadamente, grunhindo. A porta se fechou atrás dele com um baque forte.

Bowman continuou caminhando de um lado para outro e não tentou ajudá-lo a se levantar.

O Doutor rastejou para cima de um banco e olhou brevemente para Bowman.

— Caminhar para lá e para cá vai deixá-lo esgotado. Estou cansado só de olhar — disse.

— Cale a boca.

— Desculpe. O que está fazendo, imaginando um jeito de escapar?

— Ninguém escapa de um lugar como este — vociferou Bowman. — É só esperar até que eles venham nos matar.

O Doutor encheu as bochechas e soltou um longo suspiro.

— Nossa, que reconfortante. Você é um baita colega de cela.

— Só estou dizendo a verdade.

— Parece mais que está desistindo.

— Você não vê? — rugiu Bowman de repente. — Não se importa? Eles vão arrancar nosso cérebro! É o fim da linha!

— Bom, tecnicamente, vão desmantelar meu cérebro neurônio por neurônio, mas, sim, provavelmente o seu eles só vão arrancar. — Em um sussurro, acrescentou: — Se conseguirem encontrá-lo...

— Você acha que isto tudo é uma grande piada, não acha?

O Doutor esticou as pernas e cruzou os braços.

— Não. Acho que é um desastre. E, o pior de tudo, eu deveria ter percebido antes.

— O quê?

— Eles armaram para nós. Isto aqui era uma cilada o tempo todo. Uma armadilha enorme, folheada a ouro. Com as palavras "Isto é uma armadilha" escritas em letras luminosas e com mil metros de altura. E nós viemos direto para ela.

Bowman franziu o cenho, com raiva.

— De que droga é essa que você está falando?

— Do Dalek na *Peregrina* — explicou. — Ele nos enganou. Quando finalmente falou, só nos deu pistas suficientes para chegar até aqui, a Arkheon.

— Quer dizer, ele enganou *você* — retrucou Bowman. — *Você* nos trouxe até aqui, lembra?

— É, bom, se quer apontar um culpado, então talvez, *talvez* eu devesse ter percebido. Fiz exatamente o que disse para você não fazer, isto é, subestimei os Daleks. Eles estão sempre pensando, conspirando, planejando. Não dá para confiar neles nem por um segundo. Mesmo em seus últimos momentos vivo, aquele Dalek, depois de ter sido arrancado da máquina de suporte de vida e torturado, ainda conseguiu nos enganar. Vendeu uma meia verdade sobre o Limiar de Arkheon e deixou minha imaginação fazer o resto. Ele sabia quem eu era, sabia quem você era e nos enganou fazendo com que viéssemos direto à maior prisão Dalek fora de Skaro. — Seus olhos se estreitaram quando ele fitou o vazio. — Muito esperto. Muito esperto mesmo.

Bowman inclinou-se a fim de olhar o Doutor bem nos olhos.

— Para sua informação, eu não admiro os Daleks. Nunca admirei. Eu os respeito, mas não os admiro.

O Doutor sorriu.

— Náá. Isso não é respeito, Bowman. É medo.

— O que você disse?

— Eu disse que é medo. Isso que você está sentindo agora.

— Sem chance.

— É medo do que os Daleks podem fazer com você ou do que podem fazer com seus amigos, sua família, as pessoas que você ama. Do que podem fazer com todos nós, com qualquer um que não for um Dalek, pois você sabe que eles só vão parar quando forem as únicas criaturas no universo.

— Seres supremos? — ironizou Bowman. — Só nos sonhos deles.

— Agora sim. — O Doutor sorriu. — O cachorro velho ainda sabe morder.

Nas cavernas, mais duas prisioneiras, uma mulher e uma menina, eram levadas para onde estavam Koral e Vanguarda. Grilhões e correntes foram rapidamente afixados aos pulsos e tornozelos dos quatro, de forma que ficassem presos juntos. A mulher e a menina se agarravam uma à outra sem erguer o olhar.

— **SUA TAREFA É REMOVER RESTOS DE ROCHA DA ÁREA DE PERFURAÇÃO** — informou o Dalek. — **SE NÃO TRABALHAREM ARDUAMENTE, SERÃO EXTERMINADOS!**

Vanguarda olhou para a mulher e a menina. Provavelmente eram mãe e filha, e a menina devia ter uns 12 anos. Ambas se mantinham cabisbaixas. Vanguarda sentiu o estômago se revirar de raiva.

— Você só pode estar brincando — disse ele ao Dalek. — Elas não podem trabalhar. Ela é só uma criança.

A criatura se aproximou deslizando, o cano da arma girando na base.

— **OS DALEKS NÃO ABREM EXCEÇÕES. VOCÊS DEVEM TRABALHAR COMO UMA UNIDADE. SE FALHAREM, SERÃO EXTERMINADOS.**

— Estou lhe dizendo, ela não pode...

— **NÃO DISCUTA COM OS DALEKS! VOCÊ OBEDECERÁ!**

Vanguarda sentiu algo frio no braço. Era a mão da mulher, que o olhava por entre uma cortina rala de cabelos sujos, com olhos suplicantes. Ela nada disse. Não precisava. A mensagem era clara: *Fique quieto, por favor. Não discuta. Não os provoque.*

A mulher mantivera o outro braço firme ao redor dos ombros da menina, segurando-a junto de si. Fazia o melhor para proteger a filha. A raiva nas entranhas de Vanguarda transformou-se em uma sensação de desamparo. Ele voltou a olhar para o Dalek, mas o único olho azul apenas chamejava, desafiando-o, incitando-o a discutir. *Querendo* que discutisse.

— Está bem — murmurou ele. — Está bem. Você venceu. Por enquanto. A gente vai tirar as rochas.

— FALE MAIS ALTO — guinchou o Dalek.

— Eu disse "está bem"! Nós vamos trabalhar! — Vanguarda voltou-se para Koral. Ela olhava apaticamente para o chão pedregoso, as correntes pesadas pendendo dos pulsos. Parecia completamente derrotada. — Ei, não desanime, gata — disse baixinho. — Venha. Vamos nessa.

Ele estivera se apoiando nela, mas agora sentia pontadas agonizantes nas pernas, o que presumia ser um bom sinal. Significava que a sensibilidade enfim estava voltando. Conseguia andar um pouco, embora ainda fosse doloroso.

— Eu aguento — disse a Koral calmamente. — Não precisa mais me ajudar. Se eles acharem que não consigo andar sozinho, vão atirar.

Koral assentiu e o deixou ficar de pé sem auxílio. Vanguarda respirou fundo. Os nervos das pernas pareciam queimar, mas ele estava determinado a caminhar sozinho. Isso era o que Jon Bowman teria feito.

Os quatro marcharam lenta e desajeitadamente pela caverna, abrindo caminho por entre os outros escravos e as nuvens de vapor. Foram levados a uma área apinhada de rochas e detritos, onde diversas unidades de trabalho, grupos de quatro humanos acorrentados juntos, apanhavam rochas e as passavam fila adiante até uma pequena caçamba de metal.

— Eles não precisam da gente para fazer isso — comentou Vanguarda, enojado. — Poderiam fazer tudo mais rápido e melhor com máquinas. Por que usar a gente?

— Porque eles podem — respondeu Koral. — Porque gostam. Dominação das raças inferiores. É a política Dalek.

Um Dalek passou observando-os, e Vanguarda pegou uma pedra.

— Melhor começar — disse ele. — Passe adiante.

Koral passou a rocha para a mulher, que deixou a filha levá-la até a caçamba, onde a jogou. A menina voltou o mais depressa que pôde para perto da mãe, esperando a pedra seguinte. As correntes que os mantinham todos juntos tilintavam a cada movimento.

Mais uma vez, Vanguarda sentiu a fúria crescendo no peito, mas estavam cercados por Daleks, todos eles só esperando um pretexto para exterminá-los. Não havia nada que pudesse fazer.

A não ser, percebeu, atordoado, o que quer que os Daleks mandassem.

* * *

— Com todas as celas de detenção que este lugar deve ter, tenho que dividir uma justo com você — reclamou o capitão.

O Doutor empertigou-se no banco.

— Poderia ser pior. A esta hora, eles poderiam estar arrancando seu cérebro do crânio para dissecar.

— Não sei o que é pior. — Bowman voltou a se sentar no banco estreito de metal e cruzou os braços.

— Pelo menos assim temos um pouco mais de tempo. Eles deixaram você de lado enquanto decidem o que fazer comigo.

— Que seja.

— E nos puseram aqui juntos deliberadamente — afirmou o Doutor, olhando para cima. A cela era de metal liso e mais nada, a não ser por uma lâmpada encaixada em um nicho do teto e uma câmera instalada no alto de uma parede, lembrando uma haste de olho. — Vão ver tudo o que fizermos. Querem ouvir o que temos a dizer um ao outro.

— Ou seja, nada.

— Ah, deixe disso. Falar é bom! Eu gosto de falar.

Bowman fechou os olhos.

— É, percebi.

Ficaram sentados em silêncio por um instante.

— Então. *Major espacial* Bowman. Você é meio que um mistério, não é? — perguntou o Doutor.

Bowman lançou um olhar funesto ao Doutor.

— Você não desiste?

— Nunca. Então, vamos lá. Por que *você* é tão importante para os Daleks?

— Você disse que eles ouviriam tudo o que disséssemos — grunhiu Bowman, apontando o polegar para a câmera na parede.

— É, mas eles já sabem de tudo isso. Provavelmente vão parar de prestar atenção. — O Doutor inclinou-se para a frente e apontou para a cicatriz esbranquiçada no antebraço de Bowman. — Foi isso que o denunciou, não foi? O ponto de onde tirou o velho transmissor do Comando da Terra do braço. Toda pessoa com patente superior à de capitão recebe um implante desses junto com o cargo. É um microchip que informa à base sua localização e estado de saúde; basicamente, se está vivo ou morto. Ajuda o Comando da Terra a acompanhar seus recursos militares por toda a galáxia. Mas você removeu o seu, indo terminantemente contra as ordens. Você é um *desertor*, major espacial Bowman?

Os olhos do ex-militar se estreitaram. O Doutor o encarava, a boca aberta em um meio sorriso. Bowman sentiu vontade de socá-lo no meio da cara.

— É um pouco mais complicado do que isso — disse por fim.

O Doutor recostou-se na parede, pôs as mãos atrás da cabeça e esticou as pernas compridas.

— Continue, estou ouvindo.

— Bom — resmungou Bowman —, talvez só tenha *parecido* complicado na época. O caso é que já fui um bom soldado com um futuro brilhante. Tive uma atuação importante na Primeira Incursão Dalek. Fui promovido. De alguma forma, acabei nomeado major espacial e, quando percebi, estava ajudando a projetar o sistema defensivo para a Central da Terra. Passei de soldado raso na linha de frente a consultor de segurança sentado atrás de uma mesa. Não gostei nem um pouco... mas fiz um bom trabalho.

Com as lembranças, uma expressão amarga perpassou seu rosto.

— Quando terminei, o Comando da Terra decidiu que agora eu era um risco à segurança, porque sabia demais, e que o mais sensato a fazer era apagar minha memória.

O Doutor fez uma careta em solidariedade.

— Não admira você não querer envolver o Comando nessa história.

— É, bom, não gostei da ideia de virar um soldado velho e acéfalo em algum asilo militar. Então caí fora.

— Desertou.

— Arranquei o chip do braço e o enterrei no deserto do planeta Mykron. Depois desertei.

— Mas continuou fazendo a única coisa que sabia fazer: matar Daleks.

— A única coisa que eu *queria* fazer. Trabalhei à margem dos mundos terrestres por um tempo, na *Peregrina*. Mas, no fim, quando a Terra estava ficando desesperada, começaram a recrutar caçadores de recompensa para exterminar as forças Daleks nos planetas fronteiriços. Agarrei a chance de matar uns Daleks e fui bem pago por isso.

— Mas é meio que um retrocesso para um oficial de alta patente no Serviço Espacial.

— Melhor do que acabar como um soldado velho e acéfalo. — Bowman considerou sua posição no momento e acrescentou: — Mas parece que agora isso vai acontecer mesmo. O sistema defensivo da Terra ainda está gravado no meu cérebro. Os Daleks sabem disso; estou há anos na lista deles dos mais procurados. Agora estou aqui e não consigo deixar de pensar que devia ter aceitado a limpeza cerebral quando me ofereceram pela primeira vez.

— Besteira. Enquanto estiver vivo e mentalmente são, sempre há esperança. Sempre.

Bowman ergueu a sobrancelha.

— Você é bem otimista para um homem em uma cela no centro da maior prisão e centro de interrogatório dos Daleks.

Subitamente, o Doutor teve uma ideia:

— Já ouviu falar de uma coisa chamada inquisidor-geral Dalek?

Os olhos do ex-militar se abriram ligeiramente.

Onde ouviu esse nome?

— O comandante Dalek disse que eu seria interrogado pelo inquisidor-geral Dalek. Significa alguma coisa para você?

Bowman empertigou-se no banco. Seu comportamento havia mudado subitamente: estava alerta, tenso, com os olhos atipicamente arregalados.

— Você só pode estar brincando. Nunca ouviu falar no *Dalek X*?

— Deveria?

Bowman respirou fundo.

— O inquisidor-geral Dalek é um dos principais alvos do Comando da Terra. A designação dele no Serviço Espacial é X. Daí o apelido: Dalek X. Se ele foi convocado, então você está mais encrencado do que pensei. Na verdade, você deve ter colocado cada maldito Dalek daqui até Skaro em alerta vermelho. — Ele inclinou-se para a frente, olhando com atenção para o colega de cela, como se o examinasse direito pela primeiríssima vez. — Quem é você, afinal? De verdade?

— Esqueça isso. Diga o que sabe sobre o Dalek X.

— Bom, ele é um problema, dos grandes. Não é sempre que um Dalek específico ganha reputação, mas ele é um dos mais altos comandantes do Dalek Supremo e um encrenqueiro dos diabos. Dizem que o objetivo dele é exterminar mais humanos que qualquer outro ser na história. Já o ouvi ser descrito como o diabo em forma de Dalek.

O Doutor afundou no banco.

— De repente não estou me sentindo lá muito otimista.

# Capítulo 18

Vanguarda ainda estava sentindo dor. Tremia como se estivesse febril. Espasmos de dor escaldante percorriam-lhe as pernas a cada poucos segundos. Às vezes, tropeçava ou caía dolorosamente sobre um joelho, e Koral tinha que colocá-lo de pé depressa, antes que os Daleks notassem. Seu coração martelava a cada vez que um deles se aproximava.

Os Daleks deslizavam entre os trabalhadores, alguns armados com uma espécie de haste elétrica no lugar do desentupidor. Qualquer escravo que eles considerassem preguiçoso era aguilhoado. Ouvia-se um estalo alto e o escravo começava a trabalhar mais rápido na mesma hora, derramando lágrimas quentes de dor.

— Não vou aguentar isso por muito tempo — resmungou Vanguarda.

Koral o olhou.

— Não pare agora. Você é mais forte que a maioria das pessoas aqui.

— Não é disso que estou falando. Eu posso ficar carregando pedra até o dia do juízo final, se minhas pernas aguentarem. Estou falando de ver esses bichos escrotos torturando gente inocente.

— Só continue a trabalhar — disse alguém no fim da fila. Era a mulher. A voz era trêmula, mas os olhos verdes eram firmes e determinados. — Se fizer alguma bobagem, os Daleks vão matar todos nós, incluindo minha filha e eu.

Vanguarda baixou o olhar.

— Sou Jenifa — informou a mulher. A sombra de um sorriso formou-se em seus lábios. — Esta é Kuli.

— Oi — disse Kuli em uma voz hesitante.

Vanguarda se viu acenando para a menininha. Era idêntica à mãe: cabelos longos e lisos, olhos determinados.

— Há quanto tempo estão aqui? — perguntou ele.

— O bastante para saber que você está muito ferido — respondeu Jenifa.

— Estou bem.

— Você mal consegue parar em pé. Está tremendo.

— Um Dalek o atingiu nas pernas — informou Koral. — Uma espécie de raio atordoante.

— É um choque neurológico — explicou Jenifa. — Eu era enfermeira em Auros. Quando os Daleks interceptaram a frota refugiada, todos nós fomos trazidos para cá para trabalhar, mas ajudei a tratar ferimentos como o seu antes.

— Mamãe, ele vai morrer? — perguntou Kuli, que olhava para Vanguarda admirada, como se esperasse que ele desabasse a qualquer momento.

— Ei — disse ele. — Não vou a lugar nenhum, amiguinha.

— Isso importa? — perguntou Jenifa. — Porque, para mim, parece que já estamos no inferno.

Um Dalek desceu por entre a névoa.

— **NÃO FALEM. VOCÊS ESTÃO AQUI PARA TRABALHAR. FALAR É PROIBIDO. OBEDEÇAM AOS DALEKS.**

— Ok, ok — grunhiu Vanguarda. — A mesma ladainha de sempre.

O aguilhão elétrico do Dalek se estendeu e uma fagulha atingiu o peito de Vanguarda. Ele gritou de dor. Caiu sentado, de forma violenta, as correntes tilintando. Koral tentou levantá-lo. Foi difícil. As pernas de Vanguarda pareciam estar em chamas, fracas como as de um cordeiro recém-nascido. Ele se apoiou na amiga, rilhando os dentes.

— **VOCÊ NÃO CONSEGUE FICAR DE PÉ** — observou o Dalek. — **SE NÃO PUDER FICAR DE PÉ, NÃO PODE TRABALHAR.**

— A gente já teve essa conversa — retrucou Vanguarda. — E já falei: ainda estou de pé. E ainda vou estar quando você for uma pilha de ferrugem no chão. Sacou?

O Dalek o encarou implacavelmente.

— SE NÃO TRABALHAR, SERÁ EXTERMINADO.

— É — assentiu Vanguarda, abaixando-se e pegando uma rocha. — Você já disse.

Por um momento ele pensou em acertar o olho do Dalek com a pedra. Não causaria muito dano, mas talvez se sentisse melhor. Só por um segundo. Mas então pensou em Koral, Jenifa e Kuli, e virou-se, passando a rocha adiante, que foi transferida pela fila e jogada na caçamba com um baque alto.

Satisfeito, o Dalek se afastou.

Com os dentes rangendo enquanto lutava contra a dor avassaladora, Vanguarda se abaixou e pegou outra pedra. Suas pernas tremiam e seu coração batia acelerado, mas ele continuou o trabalho.

Na principal sala de controle, o comandante Dalek virou-se para encarar um subordinado.

— RELATÓRIO!

— O TRABALHO DE ESCAVAÇÃO NO NÚCLEO PLANETÁRIO ESTÁ ATRASADO — disse o Dalek. — O RENDIMENTO DOS ESCRAVOS ESTÁ EM QUEDA. OS RECURSOS FORAM DIRECIONADOS PARA GARANTIR SEGURANÇA MÁXIMA NO NÍVEL NOVE ZERO UM.

O nível NOVE ZERO UM era a área mais segura de Arkheon, onde o Doutor estava encarcerado.

— ENTENDIDO — respondeu o comandante Dalek. — INFORME SOBRE A EQUIPE DE PESQUISA CIENTÍFICA.

— O PROGRESSO CONTINUA. A EQUIPE DE PESQUISA ESTIMA A RUPTURA DO LIMIAR EM TRÊS DIAS SOLARES.

— ISSO NÃO É SATISFATÓRIO! O LIMIAR DE ARKHEON DEVE SER ROMPIDO O MAIS RÁPIDO POSSÍVEL. DIRECIONE TODOS OS RECURSOS DISPONÍVEIS. PRIORIDADE MÁXIMA! — O comandante aproximou-se de um dos painéis de controle, no qual diversas telas circulares exibiam vistas das cercanias do cosmos. — O INQUISIDOR-GERAL DALEK DEVE CHEGAR EM 400 RELS! A FROTA FOI COLOCADA EM ALERTA TOTAL NA FRONTEIRA DO SISTEMA DE ARKHEON. DEVEMOS ESTAR PRONTOS!

Não havia dúvida quanto à estridência na voz do comandante Dalek. As luzes do subordinado piscaram com urgência.

— OBEDEÇO! — guinchou ele, virando-se e saindo da sala rapidamente.

O comandante observou as telas. Uma mostrava a frota de suas naves em formação no espaço em torno de Arkheon. Um pequeno frêmito de expectativa percorreu a criatura encolhida na carapaça de bronze. Expectativa e temor. Ele podia sentir, como todos os outros Daleks na sala, que a história estava prestes a ser criada. Ou, se não exatamente criada, dilacerada.

O Dalek X estava chegando.

O inquisidor-geral havia adotado a designação dada a ele pelo Comando da Terra. Entendia que isso inspirava medo nos humanos; medo do desconhecido, de sua brutalidade, de sua completa devoção ao Dalek Supremo.

O Dalek X tinha apenas um propósito, uma meta: a total e absoluta destruição da raça humana para que ganhassem o controle de todas as outras formas de vida e dominassem o universo a qualquer custo. Essa era a crença fundamental de toda a sua espécie, mas o Dalek X era impulsionado por algo mais: a certeza de que o único modo de sua raça concretizar o propósito máximo era a conquista do espaço *e* do tempo. Ele respondia somente ao Dalek Supremo, em Skaro. Era temido por tudo e por todos na galáxia.

E estava indo atrás do Doutor.

— Temos que sair daqui — disse o Doutor. Movia-se sem parar pela cela, verificando as paredes e o chão.

— Não seja idiota — censurou Bowman.

— Você pode ficar sentado aí me criticando ou pode vir ajudar.

O ex-militar fungou com desdém.

— O que está procurando? Um alçapão?

— Qualquer coisa. Qualquer coisa mesmo. — O Doutor se apoiou nas mãos e nos joelhos, encostando a orelha no piso de metal. — Não consigo ouvir nada. Acho que estamos no nível mais baixo.

— Parece.

O Doutor se levantou de um salto.

— Que bom. Quer dizer que o único caminho é para cima!

— Ficou otimista de novo?

— Ah, sim!

— Você é louco.

— Estou aqui dentro. E quero ir lá para fora. — O Doutor apontou para a porta. — Isso é loucura?

— Poupe o fôlego, Doutor. Vai precisar dele para gritar quando o Dalek X pegar você.

— Quando o Dalek X chegar, eu pretendo estar bem longe. Mas, se você o vir, mande lembranças.

— Você nunca vai desistir, vai?

— *Você* vai?

— Já escapou de uma cela de prisão Dalek antes, Doutor?

— Várias vezes. Vim, vi, venci e ainda comprei uma camiseta dizendo "Estive em Skaro e me lembrei de você". Acredite, é possível.

— Certo. — Bowman levantou-se lentamente. Era tão alto quanto o Doutor, mas muito mais largo. Parecia ocupar todo o cubículo. — O que a gente faz?

— Bata na porta. Chame os guardas. Diga que estou doente... tendo um ataque ou coisa assim. Ou que morri! Isso, diga a eles que morri. Acabei de cair no chão, ataque cardíaco duplo. Isso vai fazê-los vir correndo. — O Doutor se estirou no chão rapidamente, pernas e braços abertos, olhos fechados. — Vai!

Bowman bateu à porta.

— Ei, Dalek! — gritou. — Sei que está aí! É melhor vir aqui. O Doutor caiu. Acho que está morto.

Silêncio.

O Doutor abriu um olho.

— Algum sinal?

— Aham, acho que chamaram uma ambulância.

— Isso não é hora de desenvolver um senso de humor, Bowman. — O Doutor se levantou. — Achei que eu podia confiar em você para ser o pessimista amargo de plantão.

— Ei, só estou matando o tempo até eles virem arrancar meu cérebro. Enquanto isso, imagino o que devem estar pensando de ver você fazer tudo isso. — Ele apontou para a câmera na parede. — Ou esqueceu que estão espiando cada movimento e ouvindo cada palavra?

O Doutor olhou para a haste de olho e se surpreendeu de forma quase cômica. Então se voltou para Bowman, e, juntos, os dois caíram na gargalhada.

— Bom… — O Doutor arfou alguns momentos depois, enxugando os olhos. — Valeu a tentativa!

Bowman balançou a cabeça, admirado. Os dois se entreolharam em um momento único de camaradagem. Trancados juntos no calabouço mais profundo de uma prisão Dalek, ambos sabiam que o fim estava próximo.

Ao longe, ecoando pelas paredes metálicas da cela, uma sirene soou. Um alarme. O tipo de som que fazia as entranhas se revirarem.

Bowman engoliu em seco e disse:

— O Dalek X está aqui.

# Capítulo 19

Nas fronteiras do sistema solar de Arkheon, uma esquadra de naves Daleks emergiu do hiperespaço e voou rumo ao planeta partido, que brilhava como um pequeno diamante ao clarão de um sol longínquo.

Seis discos batedores foram zunindo na frente da gigantesca nau capitânia da classe *Exterminadora*, pertencente ao inquisidor-geral do Dalek Supremo.

Era a primeira do tipo; a máxima expressão do poderio Dalek. Dez imensos motores antigravidade propeliam a nave, tão poderosos que deixavam um rastro de distorção temporal. O reator neutrônico no centro da nave fornecia uma potência gigantesca à vasta série de armas de feixes de partículas, mísseis e escudos energéticos repulsores. O disco transportava uma tripulação padrão de quinhentos Daleks, dez comandantes e, acima de todos, seguro em sua cúpula de controle blindada feita de dalekânio, o Dalek X.

Aquela esquadra havia se separado da frota principal, redirecionada de Skaro, para um único fim: levar a Unidade de Inteligência Primária, liderada pelo inquisidor-geral, a Arkheon. Sua missão: interrogar e destruir o maior inimigo dos Daleks, o Senhor do Tempo renegado conhecido somente como Doutor.

As naves entraram na órbita ao redor dos restos do planeta-prisão, ceifando o que restava das camadas atmosféricas superiores e rachando as ruínas desertas das cidades outrora belas com uma sucessão de gigantescas explosões sônicas.

A *Exterminadora* parou em órbita geoestacionária, nivelada com a enorme caverna que abrigava a base de lançamento espacial e os níveis mais altos da prisão Dalek. O disco era grande demais para pousar na caverna ou mesmo tentar atracar. Por isso, simplesmente pairava, os motores latejando com tanto poder reprimido que faziam as rochas à beira da caverna estremecer e ruir.

Escotilhas se abriram nas bordas da nave e delas surgiu uma falange de Daleks em formação perfeita, dirigindo-se às plataformas de aterrissagem.

Havia muito mais Daleks reunidos em filas nos vários níveis da base de Arkheon. À frente de todos estava a silhueta de bronze brilhante do comandante Dalek.

Os Daleks da *Exterminadora* permaneceram inertes enquanto uma pequena unidade se separava deles e flutuava em direção à área de recepção. Dois guardas de elite, as cúpulas negras girando continuamente de um lado para outro, os canos duplos das armas em riste pousaram primeiro, seguidos por quatro Daleks de assalto, equipados com garras laser em vez de desentupidores.

Por último, o Dalek X.

Sua armadura era de um negro lustroso, enquanto a dos outros tinha cor de bronze. As esferas que cravejavam a base e as bordas de seu suporte de armas eram todas douradas. Ele aproximou-se imponente da plataforma de aterrissagem e passou direto pelo comandante Dalek, sem nem mesmo notá-lo.

O comandante se apressou a seguir o inquisidor-geral.

— **RELATÓRIO!** — ordenou o Dalek X.

O comandante Dalek se aproximou enquanto os dois seguiam para o interior da prisão, acompanhados pelos guardas de assalto e elite.

— **A SEPARAÇÃO DO NÚCLEO PROSSEGUE COMO ORDENADO... MAS O CRONOGRAMA FOI ATRASADO PELA CHEGADA E CAPTURA DO DOUTOR!**

— **QUANTO TEMPO ATÉ A RUPTURA DO LIMIAR DE ARKHEON?**

— **A EQUIPE DE PESQUISA ESTIMA DOIS DIAS SOLARES ATÉ O LIMIAR SE EXPOR. O BOMBARDEIO DE ACELERAÇÃO DE PARTÍCULAS SE SEGUIRÁ IMEDIATAMENTE!**

Haviam chegado ao corredor interno. O Dalek X virou-se e deixou seu olhar azul e frio pairar sobre o comandante pela primeira vez.

— O ATRASO É INACEITÁVEL — guinchou ele. — CONVOQUE OS DALEKS RESPONSÁVEIS PELA SEPARAÇÃO DO NÚCLEO MAGNÉTICO.

— OBEDEÇO!

Liderado pelo Dalek X, o grupo rumou para o centro de controle da prisão. Os guardas assumiram posições atrás e de cada lado do mestre. Rapidamente, três Daleks fiscais das minas chegaram. Suas armaduras normalmente cor de bronze estavam cobertas de fuligem, pó e respingos de lava das cavernas que cercavam o núcleo derretido do planeta.

As luzes na cúpula do Dalek X piscaram, ameaçadoras.

— EXPLIQUEM O ATRASO NA SEPARAÇÃO DO NÚCLEO MAGNÉTICO!

Um dos Daleks se adiantou, agitando-se nervosamente.

— A INTERRUPÇÃO CAUSADA PELA CHEGADA DO DOU-TOR DESVIOU RECURSOS DAS OBRAS MINERADORAS. OS ESCRAVOS HUMANOS NÃO SÃO FORTES O BASTANTE PARA ASSUMIR A CARGA DE TRABALHO EXTRA.

— ESSE ATRASO É INACEITÁVEL — repetiu o Dalek X, implacável. — VOCÊ FALHOU COM OS DALEKS! FALHAS NÃO PODEM SER TOLERADAS! EXTERMINAR!

Os dois guardas de elite de cada lado do inquisidor-geral abriram fogo na mesma hora, liberando duas descargas de energia neutrônica no Dalek minerador. A criatura no interior foi fritada viva, deixando escapar um grito áspero de agonia quase sufocado pelo som estridente dos feixes. Um momento depois, tudo o que restava do Dalek era uma casca enegrecida, a fumaça oleosa a brotar da grade do pescoço, acompanhada de um chiado baixo.

— RECICLEM A ARMADURA — ordenou o Dalek X, dirigindo-se aos mineradores restantes. — PROSSIGAM COM O CRONOGRAMA DA SEPARAÇÃO. FORCEM OS HUMANOS A TRABALHAR MAIS E MAIS RÁPIDO. SELECIONEM O HUMANO MAIS FRACO A CADA HORA E O EXTERMINEM NA FRENTE DOS OUTROS ESCRAVOS. ELES REDOBRARÃO OS ESFORÇOS. CONTINUEM!

— OBEDECEMOS! — gritaram os Daleks. Então se viraram e saíram apressados.

O Doutor estava auscultando a porta da cela com o estetoscópio. Moveu o diafragma cuidadosamente pela chapa de metal e então ergueu as sobrancelhas.

— Muita atividade lá fora — murmurou. — Alguma coisa mexeu com eles.

— Eu falei — afirmou Bowman. — É o Dalek X.

— Temos que sair daqui.

— Por que não pensei nisso antes? — resmungou o ex-militar secamente. Sentado em um dos bancos, ele observava o Doutor passar as mãos pelos cabelos, agitado.

— Nem todos podemos ser gênios — respondeu o Doutor, mas não estava sorrindo. Começou a revirar os bolsos.

— Esta é a instituição máxima de detenção e interrogatório dos Daleks. Ninguém escapa daqui vivo.

— Você está sendo negativo outra vez.

— Estou dizendo que é impossível — rebateu Bowman, perdendo a paciência.

— Eu *gosto* do impossível!

Vanguarda tropeçou novamente, caindo de joelhos e quase puxando Koral consigo.

Ela cambaleou, agarrou-o rapidamente pelo braço e o içou, pondo-o de pé.

— Outra queda dessas vai custar a vida de todos nós! — sibilou ela.

Vanguarda afastou a mão de Koral.

— Você acha que não sei disso?

Ele olhou as próprias pernas, no ponto em que o material resistente da farda estava manchado de sangue. Não podia se entregar à dor. Os nervos das pernas ainda estavam fragilizados, e era necessária toda a sua concentração para não deixá-las tremer. Abaixar-se e pegar rochas tornava-se cada vez mais problemático.

— Por favor, não discutam — disse Jenifa, e olhou para além de Koral e Vanguarda. — Vão atrair a atenção deles.

— Não pegar pedras é que vai atrair atenção — retrucou ele, amargo.

— Vamos trocar de lugar, então — sugeriu a mulher.

Ela puxou uma mecha de cabelo molhado de suor para trás da orelha; os dedos estavam feridos e sangrando por causa do trabalho, mas ela não se queixava. Atrás dela, Kuli observava em silêncio, os olhos arregalados de temor.

Vanguarda sentiu-se envergonhado.

— Eu fico no começo da fila — explicou Jenifa rapidamente. — Você fica no final. Assim, não vai precisar se abaixar tanto.

— Não sou nenhum inválido — disse ele.

— Os Daleks podem discordar — argumentou Koral.

— Cuidado — sussurrou Jenifa de repente. — Eles voltaram.

Dois feitores Daleks haviam retornado à caverna. Flutuavam sobre riachos borbulhantes de lava, os olhos girando para observar os escravos humanos.

— ATENÇÃO! O RITMO DO TRABALHO É INACEITÁVEL! VOCÊS AUMENTARÃO SEUS ESFORÇOS IMEDIATAMENTE! IMEDIATAMENTE!

— Não podemos trabalhar mais do que isso — disse corajosamente uma velha. Ficou de pé, bem ereta, na frente de um dos Daleks. Os cabelos grisalhos saíam-lhe da cabeça como arame, mas havia um atrevimento ardente em seus olhos. — Vocês estão sendo ridículos.

— NÃO DISCUTA COM OS DALEKS! — gritou o fiscal, que estendeu o desentupidor e agarrou o rosto da mulher.

Incapaz de respirar, ela foi forçada a cair de joelhos. O desentupidor a soltou e a velha desabou no chão, ofegante. Os membros de sua equipe de trabalho se aproximaram, ajudando-a a se levantar o mais rapidamente possível. Sabiam que qualquer sinal de fraqueza poderia resultar na morte de todos eles.

— DESTE MOMENTO EM DIANTE, IDENTIFICAREMOS A UNIDADE DE TRABALHO MAIS FRACA A CADA HORA — continuou o Dalek, dirigindo-se a todos na caverna. A voz áspera e metálica ecoou entre as estalagmites. — ESSA UNIDADE DE TRABALHO SERÁ EXTERMINADA.

— NÃO HAVERÁ NENHUM AVISO! — acrescentou o segundo Dalek.

Um murmúrio de medo percorreu a multidão, mas ninguém quis discutir em voz alta.

— Estão de mau humor — comentou Vanguarda em um sussurro. — Digo, pior que o normal. O que será que deu neles?

— Medo — disse Koral.

Os Daleks passaram entre as filas de escravos, as cúpulas girando.

— A PRIMEIRA UNIDADE DE TRABALHO A SER EXTERMINADA SERÁ ESCOLHIDA AGORA.

Os escravos se moveram em um pânico mudo, todos tentando parecer mais fortes, mais altos, mais resistentes que os vizinhos. Vanguarda rilhou os dentes enquanto as pernas começavam a tremer. O suor lhe escorria pelo rosto e pelo peito, a camiseta colada à pele, e ele sabia que devia estar com um aspecto doentio. Todos ao redor pareciam mais saudáveis e firmes. Até mesmo a velha cujo rosto havia sido sugado aparentava mais vigor que ele.

Os Daleks cercaram uma unidade de trabalho na beira da caverna. De onde estavam, Vanguarda e Koral não conseguiam ver os prisioneiros. Estariam velhos? Fracos? Feridos? Era impossível saber. Ouviram o grito metálico selvagem:

— **EXTERMINAR!**

E houve um forte clarão azul quando os feixes neutrônicos se ativaram.

Depois, silêncio.

— **CONTINUEM A TRABALHAR!** — ordenaram os Daleks.

Os escravos restantes entregaram-se às tarefas com energia desesperada, cada unidade competindo com as outras como se fosse algum concurso macabro.

Vanguarda pegava as rochas e as passava rapidamente pela fila. Kuli as jogava na caçamba, soltando um grunhido de exaustão a cada vez. Todo o processo era repetido, de novo e de novo, mais e mais rapidamente. Vanguarda tremia agora, as pernas queimando. Lágrimas ardiam-lhe nos olhos. Quem quer que fossem, aqueles que haviam sido assassinados não poderiam ter sido mais fracos que ele. Estava nauseado de medo e culpa. Quanto tempo demoraria até que os Daleks o pegassem?

No centro de controle da prisão, o comandante Dalek estudava uma série de monitores. Telas circulares projetavam imagens das minas, do núcleo, dos laboratórios de pesquisa e dos níveis prisionais. Um grande monitor exibia uma cela no nível nove zero um. O Doutor e Bowman estavam de frente um para o outro, conversando.

O Dalek X se aproximou e olhou atentamente a imagem.

— **QUAL DELES É O DOU-TOR?**

O comandante o indicou. A figura magra na tela fez a criatura que se ocultava no interior da armadura bronzeada se remexer, mas o Dalek X pareceu inabalado. Analisou ferozmente o Senhor do Tempo, a luz azul no olho brilhando mais forte a cada segundo. Então, de forma bizarra, o Doutor olhou para cima, direto para a lente da câmera. Seus olhos grandes e alienígenas encaravam os observadores através da tela.

— ELE SABE QUE O ESTAMOS MONITORANDO! — disse o comandante.

— ISSO É IRRELEVANTE. A INTELIGÊNCIA DO DOU-TOR É AVALIADA COMO SUPERIOR À MÉDIA HUMANOIDE. CERTAS REAÇÕES SÃO PREVISÍVEIS.

O comandante Dalek tocou um controle e uma sucessão de imagens encheu a tela rapidamente; homens diferentes: velhos, jovens, altos, baixos. Os rostos se sucederam em uma velocidade desconcertante.

— ESSA PESSOA NÃO CORRESPONDE A NENHUMA VERSÃO PRÉVIA DO DOU-TOR IDENTIFICADA EM NOSSOS BANCOS DE DADOS.

— ELE ALTERA CONSTANTEMENTE A APARÊNCIA FÍSICA, EM UM ESFORÇO INÚTIL DE EVITAR QUE O DETECTEMOS — explicou o Dalek X. — VEM INTERFERINDO NOS PLANOS DOS DALEKS EM MUITAS OCASIÕES, MAS NÃO INTERFERIRÁ MAIS.

— ELE É ENGENHOSO E ASTUTO — avisou o comandante.

— ELE DEPENDE DA SORTE. SUA ARROGÂNCIA SERÁ SUA RUÍNA. — O Dalek X afastou-se da tela. — TRAGAM-NO À CÂMARA DE INTERROGATÓRIO!

O Doutor e Bowman haviam esvaziado os bolsos para ver o que conseguiam reunir juntos. Havia sido ideia do Doutor; Bowman concordara apenas por estar cansado demais para discutir.

No meio do chão da cela havia uma pequena pilha de bugigangas: a chave de fenda sônica do Doutor, o papel psíquico, seus óculos, a chave da TARDIS, um lápis, um punhado de moedas estranhas, uma lanterna, um barbante e alguns elásticos. Ele avaliou os itens sortidos enquanto mordiscava uma ponta do estetoscópio.

— Nenhuma pistola — observou Bowman.

— Armas de fogo não são as únicas armas — respondeu o Doutor em tom mordaz. — É tudo uma questão de recursos... e de usar os miolos. Ou melhor, os meus miolos.

— Vai derrubar o guarda com um lápis?

O Doutor remexeu nos objetos. A chave de fenda sônica era inútil; todas as portas Daleks eram completamente invioláveis. A chave de fenda não poderia nem arranhá-las. Ele pegou a chave da TARDIS e olhou-a com tristeza. Então, fechou a mão fortemente ao redor dela.

— Vamos, Doutor, *pense*!

Bowman recostou-se à parede, suspirando.

— Tem que haver mais — insistiu o Doutor. — Vamos, qualquer coisa. Tem certeza de que olhou todos os bolsos? Ninguém viaja com tão pouca coisa.

— Eu viajo.

— Você não está se esforçando. Desistiu!

Bowman ergueu a sobrancelha.

— Acho que desisti há muito, muito tempo.

Algo em sua voz fez o Doutor parar. Ele observou o ex-militar atentamente por um ou dois segundos e disse:

— Está falando de quando desertou? Acho que Vanguarda não acreditaria nisso. Ele acha você o máximo!

— Vanguarda é só um garoto. — Bowman esfregou os olhos com sua mão grande. — Não, desisti muito antes de tudo isso.

Ele pôs a mão em um bolso lateral e pegou um cartãozinho. Jogou-o na frente do Doutor. Na verdade, era uma velha fotografia que ele já tinha visto em forma de holograma na cabine de Bowman, a bordo da *Peregrina*. Um Jon Bowman muito jovem, de rosto liso, com os pais orgulhosos.

— Pronto — determinou Bowman. — Isso é tudo o que eu tenho. Não há mais nada.

O Doutor pegou a foto e a observou. Nela, Bowman sorria em um passado distante, pego em um momento relaxado, quando nada sabia do futuro. O Doutor se perguntou se aquele sorriso teria sido assim tão brilhante caso ele pudesse ver como seria anos depois: mais velho, endurecido, renegado e abatido, sentado no chão em uma cela de prisão dos Daleks.

— Desde que chegamos aqui — disse Bowman com voz embargada —, desde que encontrei *você*… tive a sensação de que já era. O fim da linha. Olhei para Stella quando ela estava deitada naquela maca e soube, simplesmente soube, o que vinha a seguir. — Ele pegou a foto de volta e a olhou. — O fim da linha.

— Ainda não — retrucou o Doutor. — Você não pode desistir. Sempre há uma chance.

Ele resmungou sem se convencer.

— Seus pais ainda estão vivos?

Bowman deu de ombros.

— Talvez. Não os vejo há muito, muito tempo. Duvido até que ainda pensem em mim. Por que pensariam? Sou só uma lembrança ruim. Quando desertei, o exército deve ter falado com eles, contado tudo. — As palavras de Bowman sumiram enquanto seus lábios se apertavam. Ele olhou para as pessoas na foto, para os olhos sorridentes dos pais. Sabia que não estavam mais sorrindo para ele.

— Não é tarde demais... — começou o Doutor.

A porta se abriu de repente, chiando, e dois Daleks surgiram.

— Fim da linha, Doutor — disse Bowman.

# Capítulo 20

Eles foram tirados da cela e levados por uma série de corredores inexpressivos de metal. O Doutor via que Bowman ficava cada vez mais ansioso. Sua pele havia ganhado um tom cinza horrível, seus lábios se apertavam em uma linha branca e fina. Os olhos estavam afundados no rosto, tomados por visões daquilo que o aguardava.

Os corações do Doutor martelavam, o sangue latejando na cabeça. Estava tentando pensar, inventar um plano de fuga ou ter uma ideia brilhante de última hora, mas sua mente estava paralisada.

Passaram por várias portas e laboratórios, com janelas amplas que permitiam ver os Daleks trabalhando: o Doutor viu uma sala onde um mutante nativo de Arkheon estava acorrentado à parede, a pele brilhando ainda mais sob a forte luz elétrica. Um Dalek abriu fogo contra o mutante, que escureceu e morreu como uma folha no outono. Outro Dalek calculava qual era exatamente a potência necessária para exterminar a criatura.

Enojado, o Doutor desviou o olhar.

Chegaram a um entroncamento. Bowman foi conduzido para uma porta, enquanto o Doutor foi empurrado para outra.

— Parece que acabou — disse Bowman. — Hora de deixá-los saber o que tenho em mente.

O Doutor tentou bravamente rir da piada, mas tudo o que sentia era uma tristeza profunda, desamparada. Engoliu em seco e olhou para ele.

— Sinto muito.

Bowman tocou a própria testa com o dedo, cumprimentando-o ironicamente enquanto a porta começava a se fechar.

— Boa sorte.

— Nunca desista! — gritou o Doutor para ele. — Nunca!

E a porta se fechou.

— **MOVA-SE!** — ordenou o Dalek perto dele.

O Doutor respirou fundo e seguiu o Dalek para uma sala escura. Foi encaminhado até uma parede metálica e forçado a ficar de pé, encostado nela. Teve a desconfortável sensação de estar sendo preparado para um pelotão de fuzilamento. Seus tornozelos e pulsos foram presos por braçadeiras de aço, deixando-o completamente imobilizado. Os Daleks então se retiraram e a porta se fechou com um baque atrás deles. O Doutor ficou na escuridão total.

Estava frio. Ele não fazia ideia do tamanho da sala ou do que mais estaria ali com ele. Não enxergava nada. Tudo o que ouvia eram o pulsar pesado e metálico do maquinário Dalek e, por trás disso, um tipo de forte vibração elétrica. O ar parecia carregado de estática.

Algo frio, feito de metal, envolveu sua cabeça. O Doutor arfou quando seu crânio foi imobilizado em uma posição e uma centena de agulhas finas lhe espetou o couro cabeludo. "É agora", pensou ele, os dois corações acelerados. "O começo do fim."

Então uma luz apareceu na escuridão, um disco azul. O olho de um Dalek. Ele sentiu, mais do que viu, a forma familiar enquanto o Dalek girava, o olhar azulado sempre fixo nele. Por fim, uma voz áspera disse:

— **DOU-TOR...**

As luzes na cabeça do Dalek lampejaram devagar, no ritmo das sílabas. O Doutor engoliu em seco. Aquele Dalek não estava com pressa. O Doutor umedeceu os lábios e, no tom mais alegre que pôde, respondeu:

— Sou eu. — A voz soou mais trêmula do que ele gostaria.

— **EU SOU O DALEK X.**

— Desculpe, não posso dizer que é um prazer conhecê-lo.

— **VOCÊ ESTÁ PRESO A UMA SONDA MENTAL DALEK. ELA FOI CALIBRADA ESPECIFICAMENTE PARA SUA FREQUÊNCIA DE ONDAS CEREBRAIS.**

— Não vai obter nada de mim.

— **ESSA NÃO É A INTENÇÃO** — respondeu o Dalek X. — **AINDA.**

O Doutor não conseguia virar o rosto por causa da sonda mental. Era como um torno segurando seu crânio. Mais algumas torcidas no parafuso e o osso racharia.

— Então... — disse ele por fim — o que quer? Se for a minha receita secreta de pudim de pão e manteiga, pode esquecer. Essa belezinha eu vou levar para o túmulo.

— PRETENDO MEDIR SUA CAPACIDADE DE SUPORTAR DOR FÍSICA — disse o Dalek X.

— Ah. Por quê?

— PORQUE EU QUERO.

O desentupidor do Dalek tocou um controle da sonda mental e o virou ligeiramente. Houve um estalo feroz e galvânico de energia, e o corpo do Doutor se curvou como um arco, esticando-se contra as braçadeiras. Um uivo de angústia ecoou na escuridão, arrancado de seus lábios com chocante facilidade.

Quanto tempo levou até que o Dalek soltasse o controle, o Doutor não saberia dizer. O tempo passou de forma abstrata em meio a um caleidoscópio de dor. Podiam ter sido segundos, minutos ou até horas. Deixou-o esgotado, frouxo, os cabelos grudados à cabeça pela transpiração e a garganta arranhada de tanto gritar.

— NÃO ESPERE MISERICÓRDIA — informou o Dalek X.

— Não sou idiota — esbravejou o Doutor, sentindo-se, na verdade, muito idiota. Em parte por estar zonzo de dor, mas também porque não conseguia de modo algum entender como havia acabado daquele jeito: desamparado, sem amigos nem lar, acorrentado a uma parede e torturado por um diabo em forma de Dalek. Era assim que Bowman o havia descrito, e era difícil discordar.

— DALEKS NÃO TÊM MISERICÓRDIA — disse o Dalek X.

— Verdade — respondeu o Doutor. — Eu sei.

— MISERICÓRDIA É FRAQUEZA.

— Sério? Por que não experimenta? Vá em frente, não conto a ninguém. — Retesou-se, pronto para o ataque seguinte. Pelo canto do olho, pôde ver o desentupidor do Dalek pairando sobre o controle da sonda. A qualquer segundo ele seria lançado outra vez no abismo da dor. — Pensando bem, talvez eu esteja desperdiçando meu fôlego; e reconsiderei aquele lance do pudim de pão e manteiga. Pode ficar com a receita, se quiser.

— **VOCÊ NÃO IMPLORA POR MISERICÓRDIA COMO OS OUTROS.**

— Que outros?

— **OS FUGITIVOS DE AUROS.**

Um calafrio percorreu o Doutor.

— Foi você?

— **EU DEI A ORDEM PARA QUE OS REFUGIADOS FOSSEM EXTERMINADOS** — confirmou o Dalek X. — **O POVO DE AUROS FUGIU E DEIXOU O PLANETA EM RUÍNAS. PODERIAM TER SIDO ESCRAVOS. EM VEZ DISSO, ESCOLHERAM A MORTE.**

— Não, não escolheram. Não tiveram nenhuma escolha. Você assassinou todos a sangue-frio. Uma colônia inteira.

— **DALEKS NÃO TÊM MISERICÓRDIA.**

— Nem bom senso, aliás. Você não percebe que, quando a notícia do ataque chegar à Terra, eles vão lançar uma contraofensiva? — De repente, o Doutor parou de falar e organizou os pensamentos. — Ah. Agora eu entendo. Foi exatamente por isso, não foi?

— **O COMANDO DA TERRA REAGIRÁ COMO VOCÊ PREDIZ. OS DALEKS ESTARÃO PREPARADOS. OS HUMANOS SERÃO ESMAGADOS.**

— Mas é um plano meio desesperado. Ou será essa a grande razão? Vocês estão perdendo a guerra contra a Terra? E esta é a última grande cartada?

A resposta foi inequívoca: uma torcida drástica do controle da sonda e uma série de ondas de dor demolidoras, dilacerantes. O cérebro do Doutor parecia a ponto de explodir. Mas, quando o tormento acabou, ele estava rindo.

— É isso, não é? — Ele estava ofegante, a respiração difícil e fraca. — Vocês estão perdendo! Todo esse plano... o massacre dos fugitivos de Auros, a tentativa de romper o Limiar de Arkheon... é tudo uma última tentativa de cavar seu caminho para longe da derrota. *Só que não vai funcionar!* — gritou ele, erguendo a cabeça.

— **VOCÊ SUBESTIMA NOSSO PODER** — guinchou o Dalek X. — **NÃO ENTENDE O QUE O LIMIAR DE ARKHEON SIGNIFICA PARA NÓS... E PARA O RESTANTE DO UNIVERSO.**

— Bom, sou meio que um especialista em viagem no tempo e tal, e posso lhe dizer que não vai funcionar. Eu estava lá, em Skaro, bem no início, quando vocês começaram a brigar com os Thals e perder. E vou estar bem ali no final também... E adivinhe só? Vocês vão perder. De novo.

— **NESTE UNIVERSO, SIM** — admitiu o Dalek. — **MAS NÃO NO PRÓXIMO.**

O Doutor sentiu outro arrepio de medo. Sua mente estava acelerada.

— Se vocês acham que podem usar o Limiar de Arkheon para mudar o universo inteiro, estão enganados.

— **NÓS MUDAREMOS A HISTÓRIA.**

— Mas precisariam de uma fonte de poder gigantesca para romper o Limiar. É uma pequena fissura no espaço-tempo. Um beco sem saída. É só piscar e ele desaparece. O que faz *vocês* pensarem que têm o que é necessário?

O Dalek X se aproximou da parede, a haste de olho avançando sobre o Doutor.

— **EU LHE MOSTRAREI.**

O Doutor foi libertado da sonda mental. Desabou por um segundo, quando as braçadeiras se soltaram, mas depois ficou rigidamente de pé, esfregando os pulsos. Sentia as pernas trêmulas, mas tentou não demonstrar, colocando o topete espetado de volta no lugar e pigarreando para limpar a garganta.

— Achou alguma coisa? — perguntou, batendo na sonda com o nó do dedo.

— **A SONDA MENTAL CONFIRMA QUE VOCÊ É O SENHOR DO TEMPO CONHECIDO COMO DOU-TOR, MAS NÃO CORRESPONDE A NENHUMA DAS DESCRIÇÕES FÍSICAS QUE ATUALMENTE TEMOS EM NOSSO BANCO DE DADOS.**

— Ah, que pena. Talvez seus registros não estejam tão atualizados quanto você pensa.

O Dalek X virou-se para encará-lo.

— **A CONCLUSÃO MAIS PLAUSÍVEL É QUE VOCÊ VEIO DO FUTURO.**

— O quê? — O Doutor parecia horrorizado. — Não seja ridículo! Até parece!

— **ISSO JÁ ACONTECEU ANTES.**

O Doutor franziu os lábios.

— Ah, bom, sim, agora que você mencionou... mas deixa pra lá. Odeio essa coisa toda de continuidade. Mas me conte tudo sobre seus planos para o Limiar de Arkheon. Isso é muito mais interessante.

O Dalek X tirou o Doutor da câmara da sonda e o levou para uma sala comprida e de teto baixo, com uma janela ampla que ocupava toda a parede. A sala estava escura, mas havia um fulgor alaranjado entrando pela janela, como se ela desse vista para uma fornalha. O Doutor se aproximou e se viu diante de uma vasta abóboda subterrânea. Penhascos negros eram separados por rios sinuosos e fugidios de rocha derretida. Daleks pairavam entre nuvens de fumaça sulfurosa, supervisionando cem ou mais escravos humanos que trabalhavam em condições escaldantes.

— Sua visão particular do Hades? — perguntou o Doutor quando o Dalek X se aproximou.

— ESTAMOS PRÓXIMOS DO NÚCLEO MAGNÉTICO DE ARKHEON — respondeu o Dalek. Iluminado por baixo pela luz vermelha borbulhante, seu invólucro negro e dourado parecia raiado de sangue.

— Obrigando humanos a fazer seu trabalho sujo de novo, hein? Vocês são sempre assim. Sempre achei que a culpa é dos desentupidores.

— EXPLIQUE.

— Quer dizer — observou o Doutor —, roubar núcleos planetários compensa mesmo o fato de vocês não terem mãos?

— PARA QUE OS DALEKS ALCANCEM O CONTROLE ABSOLUTO DO UNIVERSO E OCUPEM SEU LUGAR DE DIREITO COMO SERES SUPREMOS, PRECISAMOS DOMINAR A CIÊNCIA DA VIAGEM NO TEMPO — disse o Dalek. — O FRACASSO DOS SENHORES DO TEMPO EM ATINGIR O MESMO OBJETIVO É UM SINAL DE FRAQUEZA E INFERIORIDADE DELES.

— Ou talvez seja um sinal de que eles não querem governar o universo.

— ENTÃO VÃO SE RENDER AO PODER DOS DALEKS.

— Esqueça. Se os Daleks do futuro adquirissem controle sobre as viagens no tempo, você já saberia disso. Eles estariam aqui neste exato momento. Na verdade, agora estaríamos *todos* zanzando por aí com a velha máquina do tempo Mark III e gritando "exterminar".

— INCORRETO. A TEORIA DALEK DE VIAGEM NO TEMPO AFIRMA QUE ESSE É UM PONTO DE VISTA ERRÔNEO. O DOMÍNIO DO TEMPO COMEÇA COM A DESTRUIÇÃO DOS SENHORES DO TEMPO E O CONTROLE DO VÓRTICE TEMPORAL. E TERMINARÁ NA COMPLETA SUBJUGAÇÃO DA RAÇA HUMANA! — Pela primeira vez a voz do Dalek X se esganiçou quando ele ficou mais agitado: — **COM O LIMIAR DE ARKHEON, ENCONTRAREMOS UM CAMINHO PARA O VÓRTICE!**

Bowman foi empurrado para um laboratório extremamente iluminado e cheio de Daleks. Voltou-se enraivecido para o que estava atrás dele.

— Tire esse desentupidor imundo de mim!

O Dalek deu um tranco em Bowman, que caiu de costas, sem fôlego.

— **OBEDEÇA AOS DALEKS!** — gritou a silhueta metálica que assomava diante dele.

— Nunca.

— **LEVANTE-SE!**

— Senão o quê? — perguntou Bowman no chão. — Você não vai me exterminar, lembra? Não até ter picado *isto* em pedaços — disse, indicando a própria cabeça.

O Dalek o olhou com frieza por um momento, mas nada disse.

Com um sorriso infeliz, Bowman lentamente se ergueu.

— Vou me levantar, mas não porque você mandou. Vou me levantar porque assim sou *mais alto*. — Endireitou os ombros e olhou o Dalek no olho. — Só se lembre disso. Porque todo ser humano que você encontrar vai olhar você *de cima*.

O Dalek se aproximou.

— **PRESTE ATENÇÃO A ESTA TELA DE ESCANEAMENTO.**

Bowman olhou para o painel de instrumentos indicado. Havia um monitor circular exibindo o que parecia ser a superfície de Arkheon: ruínas geladas e elegantes. A imagem se fechou em um ponto: uma espaçonave pesada, de aparência rude, que ele reconheceu facilmente.

— A *Peregrina* — disse em voz alta, momentaneamente surpreso. Seu coração deu um salto quando viu a velha nave, deixada justo onde havia pousado apenas algumas horas antes. Quase como se esperasse por ele. Silenciosa e paciente.

— **NÓS LOCALIZAMOS SUA ESPAÇONAVE** — afirmou o Dalek.

Bowman piscou. A criatura esperava que ele *agradecesse*?

Então, uma sombra passou por cima da *Peregrina*, e um disco voador Dalek surgiu na tela, pairando sobre a velha nave. Bowman automaticamente o identificou: uma nave de assalto, classe *Agressora*, pequena, altamente manobrável e pesadamente armada. Enquanto ele observava, mísseis saíram do ventre do disco e acertaram a meia-nau da *Peregrina*. A nave explodiu em uma bola de fogo gigante e silenciosa, e os detritos rasgaram a neve ao redor dela por centenas de metros.

— ALVO DESTRUÍDO — declarou o Dalek.

Foi como um soco no estômago. Bowman teve que lutar contra o impulso de se encolher. Respirou fundo, estremecendo, e aprumou ainda mais a postura, parecendo mais forte. Olhou para o Dalek.

— Acha que nunca vi uma nave explodir antes? — vociferou. — Sou o major espacial Jon Bowman. Passei a vida toda explodindo naves e Daleks. Quando é que vão entender? *Não tenho medo de vocês.*

— MOVA-SE! — ordenou o Dalek. Outros dois se uniram a ele e, juntos, conduziram Bowman para fora do laboratório.

Havia diversos bancos dispostos com precisão clínica pela sala. Eram de metal e pareciam mesas de necropsia. Em cada um deles havia um ser humano deitado de rosto para cima, cabeça raspada e exposto aos que os cercavam. Alguns Daleks tinham instrumentos cirúrgicos conectados aos braços em lugar de desentupidores ou garras. Bowman sentiu-se nauseado.

— DEITE-SE.

— É aqui que vocês vão abrir minha cabeça?

— DEITE-SE! OBEDEÇA!

O Dalek usou o braço manipulador para forçar Bowman a deitar de costas na mesa de necropsia, até que ele estivesse esticado desajeitadamente nela. De repente, ele se contorceu e chutou, mas o Dalek mal se moveu. Outros dois Daleks se aproximaram e os três puseram Bowman, chutando e se debatendo, na maca. Braçadeiras de metal prenderam-lhe os pulsos, os tornozelos e o pescoço.

Ele lutou, mas foi em vão. Um medo súbito e selvagem o percorreu, o tipo de pânico que nunca havia experimentado na vida. O peito subia e descia, o suor brotando de cada poro. Debaixo de si, sentia a maca dura e inflexível.

— AGORA VOCÊ TEME OS DALEKS! — observou um dos captores, triunfante.

— PREPARAR PARA ESCORIAÇÃO CEREBRAL COMPLETA — disse outro.

Um Dalek cirurgião se aproximou com uma pequena serra de metal zumbindo na ponta do braço.

— Vão em frente! — rugiu Bowman. — Façam! Aproveitem para se divertir, porque eu fiz a mesma coisa com um dos seus há pouco tempo.

Os Daleks o ignoraram, executando suas tarefas com cuidado meticuloso.

— Tive que arrancá-lo da casca feito uma lesma! — gritou Bowman. — E sabe o que mais? Ele não deu um pio. *Também não vou dar!*

Vanguarda se retraiu, endireitou-se, respirou fundo. Percebeu o olhar de Koral, que balançou a cabeça para a mulher e a menina. Estavam claramente exaustas, talvez a poucos minutos de um colapso.

— Não desistam agora — sussurrou Koral.

Jenifa encarou-a com olhos raiados de sangue, exausta.

— Não podemos fazer mais nada — declarou ela.

Kuli chorou.

— Não quero morrer, mamãe! Não quero morrer!

— Calma — disse Koral. — Você vai chamar atenção.

Jenifa fez uma careta.

— Não podemos continuar por muito mais tempo. Nenhum de nós. Eles vão nos matar mais cedo ou mais tarde e pronto. — Passou o braço ao redor da filha. — Sinto muito, Kuli. Eu te amo. Sempre vou te amar.

Kuli abraçou com força a mãe, que olhou para Vanguarda e Koral com um sorriso triste.

— Obrigada por nos ajudar — disse ela.

Vanguarda trincou os dentes.

— Não, vocês que me ajudaram. Eu mal conseguia parar em pé e vocês me fizeram continuar. Vocês três.

— Ainda não acabou — declarou Koral.

— Agora acabou — respondeu ele. Estava olhando para além delas, onde uma nuvem de enxofre se dispersara, revelando dois Daleks.

— **UNIDADE DE TRABALHO DELTA!** — guinchou o primeiro. As palavras metálicas e duras estavam cheias de ameaças. — **APROXIMEM-SE!**

# Capítulo 21

— Esse é o passeio guiado, é? — perguntou o Doutor alegremente.

O Dalek X o havia levado para as entranhas de granito de Arkheon. Dois dos guardas do inquisidor-geral, com suas cúpulas negras, tinham se juntado a eles. Vinham um pouco atrás, as armas mirando o Doutor o tempo todo.

O Dalek X deslizou por uma passarela de metal instalada de um lado a outro da caverna. Nuvens de vapor malcheiroso pairavam no ar. O Doutor seguiu em frente, as mãos nos bolsos, olhando para tudo como um turista em férias.

— É meio abafado aqui embaixo — comentou. — Você precisa mandar consertar o aquecedor.

Apesar dos gestos casuais, estava muito preocupado. Para um Dalek, o inquisidor-geral era um sujeito bem frio. Era impossível provocá-lo. Parecia estar sempre dois passos à frente, a cada momento antecipando-se ao Doutor, que esperava por uma chance de virar a mesa, mas ela nunca chegava nem mostrava sinais de que viria.

— Acho que estamos bem perto do núcleo agora — supôs o Doutor tranquilamente. Ele experimentou pular um pouco, os tênis guinchando alto na passarela de metal. — Dá para sentir as variações no campo magnético. Deve deixar vocês malucos.

— **SOU IMUNE AOS EFEITOS** — respondeu o Dalek X.

— Ora. Bom para você.

Chegaram ao outro lado da caverna e viraram uma esquina. O Doutor parou de repente. Depois de um momento, soltou um assobio longo e impressionado. Diante deles estava uma máquina enorme, da altura de um edifício de cinco andares e igualmente larga, ocupando toda a extensão de um imenso túnel. De ambos os lados, a máquina se curvava e sumia ao longe.

— É um acelerador de partículas — constatou o Doutor, contemplando o aparato imponente. Cientistas Daleks flutuavam em torno da máquina, ajustando e monitorando os complexos sistemas. — E dos grandes.

— **ESTE É O GRANDE COLISOR DE CHRONONS** — explicou o Dalek X. — **NÓS BOMBARDEAREMOS PARTÍCULAS INVISÍVEIS DE TEMPO UMAS CONTRA AS OUTRAS EM VELOCIDADES ACIMA DA LUZ. O JORRO DE HÚONS RESULTANTE SERÁ USADO PARA TRAÇAR O PERFIL TEMPORAL DO LIMIAR DE ARKHEON. ASSIM, SEREMOS CAPAZES DE OBTER A SEPARAÇÃO MAGNÉTICA E CHEGAR AO VÓRTICE TEMPORAL.**

— Ah, essa foi boa — garantiu o Doutor. — Você andou tendo aulas de lenga-lenga. Gostei.

— **FUNCIONARÁ.**

— Ah, bom, sim... pode ser. — O Doutor inclinou o pescoço, lançando um olhar crítico às partes mais altas. — É *possível*, admito. Mas também é absurdamente perigoso.

— **NÃO SE PODE CONQUISTAR NADA IMPORTANTE SEM RISCOS.**

O Doutor franziu o cenho.

— Foi um pouco de filosofia Dalek, o que acabei de ouvir? Você está amolecendo.

— **VOCÊ ADMITE QUE NOSSO PLANO É VIÁVEL.**

O Doutor não entendeu se foi uma afirmação ou uma pergunta. Mas, de todo modo, era verdade. Ele assentiu, pensativo e subitamente sério.

— Sim. Vai funcionar. Mas, e é um baita "mas", vocês vão precisar de algum tipo de elemento de controle para estabilizar a coisa. Aí, sim, vai funcionar *corretamente*.

— **UM ELEMENTO DE CONTROLE?**

— É. — O Doutor fungou, coçou a orelha, desviou o olhar.

— **COMO UMA TARDIS.**

Lá estava de novo. Afirmação ou pergunta? O Doutor não tinha certeza. Fez uma careta, pesando os fatores envolvidos, e deu de ombros.

— Bom, é. Poderia ser, acho.

— COMO SUA TARDIS?

Uma expressão sombria perpassou o rosto do Doutor, e seus olhos tornaram-se poços fundos e escuros.

— Não — disse bruscamente. — De jeito nenhum.

— VOCÊ NÃO ESTÁ EM CONDIÇÃO DE DIZER NÃO AOS DALEKS.

Aquilo definitivamente foi uma afirmação. Era também um fato, mas ainda assim o Doutor abanou a cabeça.

— Não. Lamento. N-Ã-O significa não. Isso nem é negociável.

— VOCÊ FORNECERÁ SUA TARDIS, DOU-TOR!

— Nunca.

— OS DALEKS USARÃO SEUS SISTEMAS DE CONTROLE PARA ACESSAR O VÓRTICE TEMPORAL!

— Eu disse nunca.

O Dalek X se aproximou mais. Sua voz continuava a guinchar afirmações calmas, sem nenhuma pressa, como se fossem fatos.

— VOCÊ REQUER PERSUASÃO.

— Não.

— COERÇÃO.

— Impossível.

— VAMOS INVESTIGAR. — O Dalek X voltou-se para outro que ali passava. O Dalek pareceu quase se encolher quando a máquina negra e dourada se dirigiu a ele peremptoriamente: — ALERTE O COMANDANTE DALEK!

O Doutor foi levado de volta aos níveis de detenção e entrou no elevador de alta velocidade, que o encaminhou até a sala de controle da prisão. Entrou na câmara agitada ao lado do Dalek X, como se os dois fossem velhos amigos. Para o Doutor, a sensação era repulsiva.

O comandante Dalek girou apressado para encarar o inquisidor-geral.

— SUAS ORDENS FORAM CUMPRIDAS!

O Doutor teve um mau pressentimento. O Dalek X deslizou silenciosamente pela sala e depois se virou.

— TRAGAM OS PRISIONEIROS!

Uma porta se abriu e quatro pessoas entraram na sala de controle arrastando os pés.

— Koral! Vanguarda! — exclamou o Doutor, alegre. Mas sua expressão murchou. Eles estavam em péssimo estado. — Vocês estão bem?

Vanguarda estava mancando muito e parecia menor que antes, os ombros curvados e o rosto abatido. Koral também parecia encurvada, e os olhos vermelhos estavam turvos. Atrás deles, acorrentadas, vinham uma mulher e uma menina que o Doutor nunca tinha visto. Estavam igualmente fracas, e a menina chorava.

— Oi — respondeu Vanguarda. O sorriso parecia falso, embora o Doutor sentisse que ele estava verdadeiramente feliz em vê-lo. Pelo menos no começo. Quando olhou para a sala de iluminação ofuscante e viu o Doutor parado ao lado dos Daleks, sua expressão azedou. — O que está rolando? Resolveu se juntar à escória?

— Não — respondeu o Doutor. Então, pigarreou e falou com mais firmeza: — Não, nada disso.

— **O DOU-TOR SE RECUSA A COOPERAR COM OS DALEKS** — afirmou o Dalek X. — **MAS ESSA POSIÇÃO ESTÁ PRESTES A SE REVERTER.**

— Não — repetiu o Doutor. — Vocês não podem fazer isso...

— **INCORRETO!**

— **TRAGAM OS PRISIONEIROS QUE VIERAM A ARKHEON COM O DOU-TOR** — disse o comandante Dalek.

Dois guardas soltaram as correntes que ligavam Vanguarda e Koral a Jenifa e Kuli. Eles foram levados até o centro da sala. Koral olhava indecisa para o Doutor, como se considerasse quem deveria atacar: ele ou os Daleks.

O Dalek X se aproximou, fitando o Doutor com o olhar firme.

— **SE NÃO SEGUIR AS INSTRUÇÕES DOS DALEKS, VIDAS INOCENTES SE PERDERÃO. A DECISÃO É SUA.**

— Não vou ser coagido a ajudar vocês — respondeu o Doutor com voz inflexível. — Há muita coisa em jogo!

O Dalek X olhou para Vanguarda e Koral por um longo momento.

— **ESTES DOIS PRISIONEIROS ERAM COMBATENTES. ESPERAM MORRER NA FRENTE DE BATALHA. PORTANTO, NÃO HÁ VALOR EM SEU EXTERMÍNIO** — disse ele.

— E isso quer dizer o quê? — indagou Vanguarda.

O Dalek X lhes deu as costas, dirigindo-se apenas ao Doutor.

— ESSES PRISIONEIROS NÃO SERÃO MORTOS. — Houve uma pausa ainda mais longa e fria. — TRAGAM A MÃE HUMANA E SUA PROLE.

— Não! — exclamou o Doutor.

— Não! — gritou Vanguarda. — Mate a gente, e não elas!

Jenifa e Kuli foram levadas até o comandante, apavoradas. A mãe abraçava a filha, os dedos rígidos e brancos em seus ombros.

— FORMAÇÃO TRÊS! — ordenou o comandante Dalek.

Um trio de Daleks se alinhou diante da mulher e da menina. Não havia dúvida de que era um pelotão de execução. Elas desviaram o olhar, abraçando-se com força. Ninguém respirava, e o único som que se ouvia eram os soluços abafados de Kuli.

— EX... — começou o comandante Dalek.

— *Está bem!* — gritou o Doutor. Sua voz ecoou pela sala de controle. — Está bem! Está bem! Parem. Eu colaboro.

O olho do Dalek X girou lentamente para encará-lo.

— Eu lhe entrego a TARDIS — murmurou o Doutor.

O olho do Dalek brilhou, cheio de cobiça, banhando o rosto do Doutor na luz fria e azul.

— Mas com algumas condições — acrescentou ele.

— INVÁLIDAS.

— Espere. É importante.

O Doutor tomou fôlego, o rosto solene.

— Estou lhe entregando tudo aqui. Toda a história, aberta como um livro para você arrancar as páginas e começar tudo de novo! — Sua voz tremia de fúria. — O mínimo que pode fazer é me ouvir!

— PROSSIGA.

— Minha TARDIS requer uma tripulação de seis pessoas para funcionar direito. Além de mim mesmo, preciso da Koral, do Vanguarda e do major Bowman.

— SÃO APENAS QUATRO PESSOAS — disse o Dalek X.

O Doutor apontou para Jenifa e Kuli, que o fitavam com olhos descrentes, assombrados. Ele mal se atrevia a lhes dar esperança, mas precisava tentar.

— Com elas, somos seis.

— ESSAS HUMANAS NÃO SÃO TRIPULANTES.

— Eu sei. Mas podem ser treinadas. Podem ajudar. Posso mostrar a elas o que fazer...

— NEGATIVO. — As quatro sílabas foram trituradas como pedaços de rocha quebrada. Não haveria negociação. — VOCÊ RECEBERÁ APENAS OS MEMBROS DA SUA TRIPULAÇÃO.

— Assim não dá! — argumentou o Doutor.

— ASSIM SERÁ! ESSAS HUMANAS NÃO SÃO MEMBROS DA SUA TRIPULAÇÃO. NÃO SÃO NECESSÁRIAS. PORTANTO, SERÃO EXTERMINADAS!

O Doutor deu um salto.

— Não! Não, espere! Elas precisam viver. Mesmo que não possam ir, devem ficar vivas.

O pelotão de execução já estava se aproximando de Jenifa e Kuli, reassumindo posições de extermínio. O Doutor correu e se colocou entre os Daleks e elas.

— Se quer mesmo matá-las, vai ter que passar por cima de mim.

— VOCÊ SERÁ INCAPACITADO — avisou o Dalek X.

— Experimente.

As armas dos Daleks se agitavam impacientes nos suportes. Todos os olhos se cravaram no Doutor, mas ele sustentou os olhares azuis impiedosos sem vacilar.

— Machuque-as de alguma forma e eu não vou cooperar. Pode me torturar e me matar, mas *nunca* vai pegar a TARDIS.

O Dalek X pareceu refletir.

— ESTÁ BEM. MAS ESSA É A ÚLTIMA DAS SUAS CONDIÇÕES. NÃO HAVERÁ MAIS NENHUM ACORDO.

— Tudo bem. Você venceu. — Os ombros do Doutor haviam afundado em triste derrota. — Mas preciso mesmo do major espacial Bowman.

O Dalek X voltou-se para o comandante.

— LIBERTE O PRISIONEIRO HUMANO E TRAGA-O AQUI.

— OBEDEÇO!

O inquisidor virou-se, encarando o Doutor, a arma, o braço e o olho estremecendo de cobiça.

— INFORME A LOCALIZAÇÃO DA SUA TARDIS.

A resposta saiu por entre os dentes rilhados:

— Hurala.

O comandante Dalek se remexeu euforicamente enquanto processava a informação.

— PLANETOIDE KX-NOVE NO SISTEMA SOLAR LARSON!

— É claro que você sabe disso — resmungou o Doutor, resignado. — Afinal, foi onde tudo começou.

— PROCEDEREMOS IMEDIATAMENTE — decretou o Dalek X. — PREPAREM A EXTERMINADORA PARA PARTIR.

— Só tem mais uma coisa... — arriscou o Doutor.

— CHEGA DE CONDIÇÕES!

— Não é uma condição. É só um conselho. — O Doutor soou pesaroso. — No momento, a TARDIS está encalhada.

— EXPLIQUE!

— O motivador espacial dela está uma bagunça — respondeu o Doutor com naturalidade. — Senão, por que eu a teria deixado em Hurala? Ela vai servir para o que você quer, mas você vai precisar remover o rotor de tempo.

— CONVOQUE A EQUIPE DE PESQUISA TEMPORAL — ordenou o Dalek X. — ELES PODERÃO FAZER OS AJUSTES TÉCNICOS NECESSÁRIOS EM HURALA.

O Doutor se juntou a Vanguarda e a Koral.

— Tripulantes? — Koral franziu o cenho.

— De nada — murmurou o Doutor. Depois, voltou-se para a mãe e a filha. — Sinto muito — disse. — Fiz o que pude...

— Eu sei — respondeu Jenifa, com um sorriso desanimado. — Obrigada.

O Doutor assentiu.

Uma porta se abriu e entrou Bowman, coberto de arranhões e cortes, mas ainda imponente. Dois Daleks vieram atrás dele.

— MOVA-SE! ESPERE NO CENTRO DA SALA!

Ele fez uma careta sarcástica para os Daleks e depois foi até Koral.

De repente, ela pareceu se encher de uma renovada esperança, os olhos brilhando fortemente.

— Bowman!

— Não achou que ia se livrar de mim assim, achou? — indagou ele.

— Você está bem? — perguntou o Doutor.

— Sim. Me deram uns cascudos, mas não chegaram a usar as facas. — Ele lançou ao Doutor um olhar enviesado. — Imagino que a culpa seja sua.

— Ele fez um trato com os Daleks — disse Vanguarda. — Tipo um colaborador.

— Calma, garoto. — Bowman pousou a mão no ombro de Vanguarda. — Você ainda está respirando, não está?

— Estou, mas por quanto tempo?

— **DIRIJAM-SE À PISTA DE ATERRISSAGEM!** — interrompeu-os o Dalek X em voz alta.

O comandante e os guardas começaram a conduzir o Doutor e seus amigos rumo à saída.

— **MOVAM-SE!**

Os quatro tripulantes foram levados em sombria formação. O Dalek X os observou sair. Então, virou-se para segui-los, a cabeça girando ao dirigir-se aos guardas de elite que ainda vigiavam as outras prisioneiras.

— **LEVEM-NAS DE VOLTA ÀS MINAS** — disse ele.

— **OBEDECEMOS!** — guincharam os Daleks. No mesmo instante, voltaram-se para Jenifa e Kuli.

A forma escura do Dalek X passou suavemente pela porta e Jenifa desatou a chorar.

# Capítulo 22

Por dentro, a nave Dalek tinha um design típico: escura e funcional, cravejada de pilares de controle e painéis de instrumentos, fervilhando de Daleks. Era difícil não vê-la como uma espécie de ninho gigante, com os Daleks pairando e deslizando apressados pelo interior vagamente semelhante a uma colmeia.

O Doutor, Bowman, Vanguarda e Koral foram transportados de Arkheon para a *Exterminadora* via discos antigravidade, grandes plataformas circulares com corrimãos adequados ao transporte de prisioneiros individuais, equipamentos ou mesmo Daleks que tivessem sido danificados demais para voar.

Eles foram levados da vasta entrada da área de embarque à beira do disco, passando por diversos níveis, até chegarem à cúpula central de comando, no coração da nave.

— Isso aqui fede — reclamou Bowman.

Koral, que não saíra do lado dele desde que haviam se reencontrado, concordou.

— Um fedor de metal e ódio.

O Doutor estava ainda mais impressionado.

— Vejam a coisa desta forma — disse ele. — Pouquíssimos humanos já entraram em uma nave Dalek, muito menos uma assim tão grande.

— E a gente está indo direto para o camarote — ironizou Vanguarda, lastimoso. — Acho que eles gostam mesmo da gente.

Dois guardas os conduziram para uma pequena área de um dos lados do convés de comando. Então, os onipresentes Daleks de assalto, batedores do Dalek X, assumiram posições de cada lado do pódio elevado. Parte do piso no centro da plataforma se abriu como uma íris de aço, e a silhueta negra e dourada, já familiar, do inquisidor-geral Dalek ergueu-se lentamente, saindo da abertura.

— **DEFINAM O CURSO PARA O PLANETA HURALA!** — ordenou ele. — **VELOCIDADE MÁXIMA!**

— **OBEDECEMOS** — disse em uníssono a tripulação, virando-se para encarar as estações individuais de voo. De sua posição elevada no centro, o Dalek X podia facilmente observar tudo e todos, bastando virar o pescoço.

Bowman observava atentamente os Daleks que operavam os painéis de controle, mas o Doutor abanou a cabeça negativamente.

— Não perca seu tempo tentando memorizar o que eles fazem — avisou em um sussurro. — Os controles só podem ser ativados por Daleks. Cada um tem um sinal em código alinhado aos sistemas computadorizados da nave para permitir o acesso.

O ex-militar ergueu a sobrancelha.

— Há algo que você *não* saiba sobre os Daleks?

— Sim — admitiu o Doutor, mantendo a voz baixa. — Não sei como vamos detê-los.

— Acho que não vamos.

— Você achava que não havia jeito de escapar de Arkheon — lembrou-lhe o Doutor. — E aqui estamos nós.

— Em um cruzador de batalha Dalek. Não exatamente *livres*.

— Bom, é um começo.

Os imensos motores da *Exterminadora* se ativaram e um ribombar pesado percorreu a nave. O pulsar persistente e grave da sala de controle tornou-se mais agudo enquanto a janela principal mostrava a esfera partida de Arkheon começando a se afastar lentamente.

Então a nave alcançou potência total, deixando o planeta para trás subitamente, até não ser mais que um ponto branco cintilante.

— Isso sim é aceleração — disse Vanguarda, impressionado.

— É, mal senti o movimento — concordou Bowman. Até ele lutava para impedir que a voz denunciasse sua admiração.

— Campos amortecedores de inércia soberbos — explicou o Doutor. — Não importa o que achemos dos Daleks, eles são cientistas e engenheiros brilhantes.

— Isto aqui deve ser o orgulho da frota.

— Deve — concordou o Doutor, pensativo, olhando para o Dalek X. — Deve ser, sim.

A *Exterminadora* dava pouca atenção às leis da física que normalmente governavam o voo espacial. Os imensos propulsores de íons dobravam o espaço ao redor da nave a um ponto em que o tempo podia se condensar por um momento. Não era exatamente uma viagem no tempo, disse o Doutor aos outros, mas significava que a nave era incrivelmente rápida. Comparada a ela, a *Peregrina* em sua melhor forma era uma preguiçosa total.

A jornada não levou mais que uma hora. A *Exterminadora* abandonou a velocidade máxima à beira do sistema solar de Hurala, e novamente ninguém na nave percebeu a mudança. O espaço simplesmente se desdobrou em sua forma normal ao redor da nave. Mesmo ao desacelerar, ela levou apenas vinte minutos para terminar a viagem.

Hurala rapidamente surgiu na tela, crescendo como uma bola de barro seco. A *Exterminadora* e seus discos batedores adentraram a atmosfera rala e cobriram o terreno deserto até chegarem à velha estação Lodestar.

Grande demais para pousar, a nave permaneceu pairando sobre as carcaças enferrujadas e edifícios fabris abandonados, como uma gigantesca mão de metal pronta para esmagar uma aranha. Esquadrões Daleks jorraram para fora do disco rumo à colônia desolada, voando em perfeita formação. O Doutor e seus amigos foram novamente transportados em discos antigravidade, e o comandante Dalek juntou-se a eles na superfície. O Dalek X e a guarda de elite chegaram momentos depois.

— **ONDE ESTÁ SUA TARDIS?** — exigiu saber o Dalek X.

— Não sei ao certo — respondeu o Doutor, virando-se lentamente e esquadrinhando os edifícios mais próximos. — Todos esses becos parecem iguais.

O Dalek voltou-se para um dos subordinados.

— **INSTRUA A NAU DE COMANDO A SONDAR A ÁREA.**

O Doutor riu levemente.

— Não vai ser tão fácil encontrar a TARDIS — declarou. — Ela foi projetada para se misturar ao ambiente, para surgir e sumir como um sussurro na noite.

— **TARDIS LOCALIZADA** — guinchou o comandante Dalek ao receber um sinal de resposta da *Exterminadora*. — **COORDENADAS DOZE-ZERO-NOVE-GAMA.**

— Ai — disse o Doutor.

— **ANDEM!**

Os Daleks deslizaram facilmente pela terra estéril, deixando pequenas trilhas de poeira flutuando no rastro dos repulsores de gravidade enquanto levavam os prisioneiros para dentro da cidade.

— Nunca gostei desse muquifo — resmungou Vanguarda, chutando poeira. — Para lá de onde Judas perdeu as botas e deixou cheiro de chulé.

— Stella disse que cheirava a morte — comentou Bowman. — Acho que agora entendo o que ela quis dizer.

— Ainda não estamos mortos — lembrou-lhe o Doutor.

— **CESSAR CONVERSAS!** — ordenou um Dalek próximo.

— Imagino que você tenha um plano — sussurrou Bowman depois de alguns minutos.

— Quem, eu? — O Doutor balançou a cabeça. — Nãá. E você?

— Nem ideia.

— Pelo menos estamos pensando a mesma coisa.

Chegaram à TARDIS rapidamente. A velha cabine policial esperava por eles no fim de um pequeno beco onde se havia materializado vários dias antes.

— É isso? — perguntou Vanguarda, desapontado. — Os Daleks vieram até aqui para *isso*?

— A aparência pode não ser das melhores, mas... Ah, esquece. — O Doutor limpou com a mão um pouco da poeira nas portas e olhou tristemente para a nave. — O que é que eles sabem?

O Dalek X se aproximou.

— **A TARDIS FORNECERÁ O SISTEMA DE CONTROLE PARA O LIMIAR DE ARKHEON! CONVOQUEM A EQUIPE DE PESQUISA TEMPORAL!**

Momentos depois, diversos cientistas Daleks desceram e cercaram a cabine policial, os olhos brilhando de cobiça.

— **ABRA!** — exigiu o líder.

— Peça por favor — retrucou o Doutor. — Ah, me desculpe, esqueci. Isso não existe no vocabulário Dalek, não é? Assim como "obrigado", "piada" e "manjar-branco". Vocês devem ser *tão* infelizes...

— **PARE DE PERDER TEMPO** — disse o Dalek X em tom de ameaça. — **ABRA A TARDIS.**

— Está bem, está bem! — O Doutor procurou a chave em um bolso. Depois, em outro. Revirou todos os bolsos apressadamente, cada vez mais preocupado. — Não consigo achar! — disse. — A chave da TARDIS... sumiu...

— **EXPLODAM AS PORTAS** — ordenou o comandante Dalek.

— **NEGATIVO!** — retrucou o Dalek X. — **A TARDIS É PROTEGIDA POR UM CAMPO DE FORÇA TEMPORAL. O ARMAMENTO DALEK NÃO ROMPERÁ A PROTEÇÃO. AS PORTAS DEVEM SER ABERTAS COM A CHAVE CORRETA!**

O Doutor ainda virava e revirava os bolsos, entregando várias quinquilharias a Bowman e a Vanguarda em um esforço para minimizar a desordem.

— Não entendo... — reclamou. — Como é que fui perder a chave da TARDIS? Eu *nunca* a perdi!

— **DEPRESSA!** — ordenou o Dalek X. — **A TARDIS DEVE SER ABERTA!**

— Não é assim tão simples — insistiu o Doutor. — É uma tranca trimônica de chapa tripla. Tem 27 tranquetas diferentes em quatro dimensões separadas. Se eu não encontrar a chave, *não vai ter jeito.*

Houve um momento longo e ridículo enquanto Bowman, Vanguarda, Koral e todos os muitos Daleks reunidos observavam o Doutor vasculhar os bolsos uma última vez.

— Não adianta — disse ele finalmente, derrotado.

O Dalek X começava a se agitar.

— **ONDE VOCÊ A DEIXOU PELA ÚLTIMA VEZ?**

— Não sei. — Subitamente, o Doutor deu um salto e um berro: — Espera! Já sei! Estava *aqui*... em Hurala! Eu estava preso em uma cela lá embaixo. Devo ter deixado a chave cair aqui!

— VOCÊ ESTÁ MENTINDO — afirmou o Dalek X.

— Não, é sério! — O Doutor olhou para Bowman e Vanguarda. — Vocês não lembram? Tiveram que abrir a porta da cela. Eu estava trancado em uma armadilha automática.

— Ele tem razão — disse Vanguarda.

O Doutor olhou ansiosamente de um Dalek para outro.

— Fomos perseguidos por uma equipe de batedores Daleks — explicou ele.

— É verdade — confirmou Koral. — Tivemos que fugir para sobreviver.

O comandante voltou-se para o Dalek X.

— HÁ UM RELATÓRIO DE UMA UNIDADE BATEDORA AFIRMANDO QUE DIVERSOS HUMANOIDES RECENTEMENTE FORAM DESCOBERTOS E PERSEGUIDOS AQUI. ELES CORRESPONDEM À DESCRIÇÃO DESTES HUMANOIDES.

— Isso mesmo — disse o Doutor. — E foi por pouco. Não tive exatamente tempo para olhar direito os bolsos antes de sair.

— Uma integrante da nossa equipe foi morta por um Dalek — acrescentou Bowman, sombrio. — Naquele momento, estávamos mais preocupados com ela.

— ONDE ESTÁ A CHAVE AGORA? — perguntou o Dalek X.

— Ainda deve estar naquela cela — respondeu o Doutor com cuidado. — Esperem aqui, vou procurar.

Ele tentou sair, mas o Dalek X o deteve com o desentupidor.

— ALTO! VOCÊ NÃO TEM PERMISSÃO DE SE AUSENTAR.

— Está bem. Por que não vamos todos?

— IREI NA FRENTE.

— Claro. Eu vou atrás. É por ali. — O Doutor apontou a direção. — Quanto mais gente, melhor... mais chance de encontrarmos a chave.

O Dalek X foi seguido pelo comandante Dalek e pela guarda de elite. O Doutor, Bowman, Koral e Vanguarda fechavam o cortejo com vários Daleks de assalto. Entraram no prédio que abrigava o centro de informática da Lodestar.

O Doutor lembrou-se da primeira viagem até ali, quando investigara o sistema de computadores adormecido e permitira que a curiosidade o metesse em encrenca outra vez. Havia uma escada de metal que levava para o subsolo.

Ele se voltou para o Dalek X com ar pesaroso, ligeiramente desconcertado.

— Lamento. Escadas.

— **ELEVAR** — ordenou o Dalek X.

Ele e os subordinados começaram a se erguer do chão, flutuando sobre os degraus atrás do Doutor e seus amigos. Era uma jornada desajeitada em um espaço tão restrito, mas os Daleks desceram com uma facilidade irritante. Alguns se aventuraram pelo espaço entre as escadarias, baixando lentamente enquanto vigiavam os prisioneiros com todo o cuidado.

Vanguarda mancava muito, e um dos Daleks prestava grande atenção a seu progresso.

— Está olhando o quê? — perguntou ele.

Havia parado para descansar, flexionando os joelhos inchados com uma expressão de dor. Perto dele, correntes pesadas chacoalhavam e tilintavam enquanto os outros passavam devagar. As correntes ainda estavam presas a antigas máquinas, ali abandonadas pelos proprietários originais da estação.

— **ANDE!** — mandou o Dalek.

— Eu ando quando puder — retrucou Vanguarda. — Minhas pernas ainda doem por vocês terem atirado em mim.

Ele começou a se erguer apoiado em algumas das correntes, os bíceps saltando quando ele permitiu que a corrente lhe sustentasse o peso. Olhou para o Dalek, que continuava atrás dele, parado, flutuando perto dos degraus.

— Calma aí — disse Vanguarda em voz baixa.

Tão estranho foi seu tom de voz que todos os outros na escada pararam para olhá-lo. O Doutor, Bowman e Koral haviam chegado a uma plataforma onde havia diversas escotilhas estreitas de manutenção. Vanguarda olhou para os companheiros e sorriu.

— O que foi, Vanguarda? — perguntou Bowman. — Você está impedindo a passagem.

— Conheço esse cara — respondeu ele, apontando para o Dalek. — Reconheço esse pedúnculo mixuruca dele.

O Dalek nada disse.

— Foi você que matou meu camarada Scrum — afirmou Vanguarda. Seu tom era sério, baixo. — Atirou nele a sangue-frio só para provar que a coisa era séria.

Ainda assim, o Dalek nada disse.

— Scrum era meu melhor amigo — continuou ele. — Antes dele, eu nunca havia tido um amigo.

— Ei, garoto... — disse Bowman. Parecia preocupado. Havia um brilho sinistro nos olhos de Vanguarda que apenas ele via.

Vanguarda ergueu a mão para que Bowman se calasse. Sua atenção ainda estava no Dalek.

— Eu fiz uma promessa — afirmou. — Disse que ia pegar você por essa. E foi sério.

— **PROSSIGA** — ordenou o Dalek, gesticulando com a arma para que Vanguarda continuasse a descer a escada.

Ele estivera se apoiando nas correntes. Agora, com força explosiva, moveu-se de repente. Arrancou as correntes da parede, jogando-as ao redor da cabeça do Dalek e apertando-a com um poderoso puxão, forçando a haste de olho contra o suporte blindado. O Dalek gritou e recuou, levemente desequilibrado.

Bowman começou a subir os degraus para ajudar, mas o Doutor agarrou-lhe o braço.

— Não!

— Vanguarda!

— **ALTO!** — Os Daleks na escada também estavam começando a se virar, mas não havia muito espaço para manobras.

Vanguarda, exibindo os dentes em um sorriso selvagem, chutou o maquinário conectado às correntes. O aparato tombou por cima do corrimão e mergulhou pesadamente nas trevas. A corrente se esticou e o Dalek foi puxado para baixo de repente, virando de ponta-cabeça, o fulgor azul na parte inferior de seu corpo iluminando as paredes. Com um clangor terrível, a máquina, o Dalek e as correntes desabaram pelo poço da escada. Então o Dalek colidiu com outro que estava subindo para ajudar e os dois se chocaram, caindo nas sombras.

— **EXTERMINAR!** — esganiçou-se o Dalek X.

Seu raio letal encontrou Vanguarda e o iluminou por dentro, diante de todos, os ossos à mostra, a cabeça para trás. Ele rilhou os dentes e se recusou a gritar, os olhos arregalados. Em seguida, esticou os braços, agarrando o Dalek mais próximo. O clarão neutrônico paralisante engolfou-o também, e um grito metálico, assustado, saiu da armadura.

O feixe exterminador cessou subitamente. O Dalek caiu nos degraus com um estrondo quando seu mecanismo de elevação falhou e ele começou a desabar pela escada, ameaçando derrubar os outros como pinos de boliche. Foram obrigados a levitar mais alto, saindo do caminho do Dalek ferido, que quicava e batia escada abaixo, arrastando consigo o corpo sem vida de Vanguarda.

— Por aqui! — berrou o Doutor, agarrando Bowman e Koral e puxando-os pela plataforma em direção aos dutos de manutenção. Ele abriu uma escotilha com um chute e os empurrou para dentro. — Andem! Depressa!

Entraram em uma passagem estreita, negra como piche e repleta de pó. Correram por uma selva de teias pegajosas, desalojando aranhas grandes, do tamanho de mãos.

Bowman bateu contra uma parede e xingou. Koral o tirou dali, empurrando-o para outra passagem estreita à esquerda. Os ombros do homem batiam e roçavam nas paredes ásperas, as pernas raspando em canos e fios elétricos. Por fim, caíram de um degrau e chegaram a uma pequena área retangular. O Doutor acendeu uma lanterna de bolso e verificou se estavam bem.

— Que droga... — resmungou Bowman, sua tosse produzindo uma lufada de pó.

— Escotilhas de serviço — disse o Doutor, movendo o facho da lanterna pelo ambiente. Viram ferramentas velhas e caixas de passagem cobertas de teias. — Dutos de manutenção. Sabe como é. Usados por robôs para ajudar a manter o lugar em funcionamento nos velhos tempos. Para nossa sorte, os túneis de acesso são estreitos demais para os Daleks.

— Mas Vanguarda... — começou Koral. — Por que ele fez aquilo...?

— Ele viu onde estávamos — respondeu Bowman. — Bem do lado das escotilhas. Criou uma distração para a gente escapar.

— Isso custou a vida dele — disse ela, atordoada.

— Então, não vamos deixar que tenha sido em vão — propôs o Doutor.

Bowman o olhou atentamente.

— Você tem um plano, não tem?

O Doutor abriu um sorriso largo.

— Ah, sim! Tenho um plano!

Nenhum dos dois conseguiu retribuir o sorriso; ainda estavam em choque depois do sacrifício de Vanguarda. Ambos, no entanto, sentiram uma onda de esperança.

— Só tem um probleminha — avisou o Doutor. — O plano depende de ficarmos vivos.

— Estamos presos no subsolo com um esquadrão de Daleks furiosos no nosso encalço — argumentou Bowman.

O Doutor piscou para ele.

— Eu nunca disse que seria fácil.

# Capítulo 23

O Dalek X nem mesmo olhou para o subalterno morto quando ele caiu pela escadaria, arrastando consigo o cadáver humano. Nenhum Dalek era capaz de lastimar uma perda ou desperdiçar tempo lamentando um erro, muito menos o inquisidor-geral.

Estava, porém, furioso. E a fúria era algo que todo Dalek conhecia.

— **O DOU-TOR ESCAPOU!** — exclamou ele. — **INICIAR RASTREAMENTO DE EMERGÊNCIA!**

Dois Daleks se aproximaram das escotilhas. Um deles era um Dalek de assalto, que imediatamente começou a cortar um enorme pedaço da parede ao redor da escotilha mais próxima. O outro estendeu o braço manipulador, esquadrinhando o recesso escuro além dela.

O comandante Dalek havia descido com o Dalek X.

— **A EQUIPE DE CIÊNCIA TEMPORAL AINDA NÃO CONSEGUIU PENETRAR A TARDIS.**

— **PRECISAMOS DO DOU-TOR! ELE DEVE SER ENCONTRADO!**

O Dalek que examinava o túnel girou a cabeça.

— **FORMAS DE VIDA HUMANOIDES ENCONTRADAS NA ESTRUTURA INTERNA DA ESTAÇÃO** — informou. — **ESTÃO PERCORRENDO OS DUTOS DE MANUTENÇÃO.**

— **REÚNA TODAS AS UNIDADES DE BUSCA!** — ordenou o inquisidor-geral. — **PROCUREM! LOCALIZEM! EXTERMINEM!**

* * *

O Doutor, Bowman e Koral deslocavam-se pelos túneis. Queriam ir mais rápido, mas na escuridão era difícil. O espaço era claustrofóbico de tão apertado, e eles enganchavam as roupas e a pele em saliências afiadas e em emaranhados de fios.

— Então, qual é o plano? — perguntou Bowman, que vinha por último. Não conseguia ver nada além da luz agitada da lanterna enquanto o Doutor e Koral seguiam na frente.

— Eu trouxe os Daleks a Hurala por uma boa razão — respondeu o Doutor, a voz ecoando pelo conduto. — E não foi a TARDIS. Ela foi só a isca... O Dalek X tem tanta sede de sucesso que eu sabia que viria aqui se eu desse um motivo bom o bastante. Este lugar foi um posto de abastecimento, lembrem-se. Há uma infinidade de tambores enormes de energia astrônica enterrados aqui. É provável que ainda haja muita energia residual neles... é impossível drenar os tanques completamente.

— Combustível astrônico é extremamente volátil — afirmou Bowman. — Estamos praticamente sentados em uma bomba gigante.

— Espetacularmente *fantabulosamente* grande — concordou o Doutor. — Se encontrarmos um jeito de detoná-la, a explosão vai destruir não só o Dalek X e os colegas dele, mas a nau capitânia e as naves de apoio também.

— Esse seria um belo golpe contra a máquina de guerra Dalek neste setor da galáxia — percebeu Bowman.

— Então, viva Hurala — disse o Doutor.

— Mas com certeza é uma missão suicida — observou Koral. — Nós também não vamos sobreviver à explosão.

O Doutor evitou uma resposta objetiva.

— Aha! — exclamou de repente. — Aqui estamos...

Ele emergiu em uma área de acesso mais ampla. Era uma câmara pequena, mal-iluminada, com algumas faixas fosforescentes no piso, mas pelo menos podiam ficar de pé ali.

Bowman se alongou, estalando as juntas, mas teve o cuidado de evitar o olhar de Koral.

— Se devemos dar nossa vida para derrotar os Daleks — disse ela —, que assim seja. Precisamos vingar a morte de Stella, Scrum e Vanguarda.

— Espero que não chegue a tanto — disse o Doutor, sacando a chave de fenda sônica. — Mas vamos por partes. Temos que encontrar os controles dos silos de combustível. Não podem estar longe.

Enquanto o Doutor começava a usar a chave de fenda sônica para procurar sistemas de controle, Bowman verificava alguns equipamentos empilhados contra uma das paredes. Havia grande quantidade de ferramentas espalhadas, presumivelmente deixadas pelos empreiteiros que haviam construído a estação Lodestar. Estavam velhas, sujas e esquecidas, mas algumas ainda tinham células funcionais de energia.

— Ouçam — sussurrou Koral de repente, e ergueu a mão, pedindo silêncio; o Doutor desligou a chave de fenda.

Todos ouviram o som distante das vozes dos Daleks rosnando ordens. As palavras ásperas reverberavam pelos túneis de metal. Ecoando ao longe, mas claramente se aproximando, ouviram-se os gritos metálicos:

— **PROCURAR! LOCALIZAR! EXTERMINAR!**

O Doutor ficou sério.

— Vamos ter que lutar. Não podemos deixar que nos detenham.

— Mas não temos armas de fogo — respondeu Koral. — Como podemos lutar?

— Armas de fogo não são as únicas armas — disse Bowman, abrindo um leve sorriso para o Doutor. Ele ergueu uma peça pesada, soprando uma grossa camada de pó do módulo de controle. Lembrava uma enorme furadeira. — Isto é uma rebitadeira de íons. Usa feixes de partículas para pregar rebites ionizados em chapas de aço. Rústica, mas eficiente.

O Doutor remexeu rapidamente entre os outros equipamentos descartados e de lá ergueu um dispositivo semelhante a uma pesada calota de aço.

— E isto é um condensador magnético. — Jogou o disco metálico para Bowman, que o apanhou facilmente. — Pode ser útil.

Ouviu-se o som alto de batidas vindas do túnel contíguo, e, de repente, parte da parede começou a brilhar em um vermelho feroz.

— **HUMANOIDES LOCALIZADOS!** — guinchou uma voz do outro lado. — **RUPTURA DA PAREDE EM 10 RELS!**

— Venham! — exclamou o Doutor, saindo da câmara.

O túnel de saída era muito mais largo que os dutos de manutenção, e os Daleks não teriam problemas em segui-los. Ouviram a parede ceder atrás deles.

Um par de Daleks de assalto atravessou a fenda fumegante. Os dois esquadrinharam os arredores e partiram em perseguição.

— PROCURAR! LOCALIZAR!

O Doutor saiu do túnel aos tropeços, chegando a uma ponte de metal sobre um abismo vasto e negro. Koral e Bowman foram correndo até ele e os três espiaram por cima do corrimão velho e enferrujado. Não viram nada além de trevas.

— Silo vazio — explicou o Doutor, a voz ecoando loucamente na escuridão. — Não serve. Vamos!

Correram para a esquerda, contornando a parede interna do amplo silo assim que os Daleks apareceram atrás deles.

— CONTATO VISUAL ESTABELECIDO — informou o primeiro.

— ALTO! — gritou o segundo Dalek. — RENDAM-SE! VOCÊS SÃO PRISIONEIROS DOS DALEKS! RENDAM-SE OU SERÃO EXTERMINADOS!

— Depressa! — gritou o Doutor em disparada. — Corram!

Os Daleks os seguiram, tentando encontrar posição para tiros certeiros. Um Dalek se ergueu da plataforma e voou atrás deles, guinchando instruções.

Bowman virou-se, uma intenção sinistra estampada no rosto. Com um forte grunhido, ergueu o condensador magnético e lançou-o contra o Dalek voador como um disco de arremesso. O objeto zuniu pelo ar e acertou a armadura com um clangor satisfatório, cravando-se nela. O Dalek só teve tempo de baixar o olho, tentando localizar o dispositivo no corpo, quando o condensador se ativou e um zumbido baixo começou a emanar dele.

— SOB ATAQUE! — grasnou o Dalek. — CONDENSAÇÃO DE CAMPO MAGNÉTICO LOCAL!

Subitamente, o Dalek implodiu, como se esmagado por um punho gigante e invisível. Foi espremido com tanta força e rapidez que a criatura no interior vazou pelas rachaduras no metal. Caiu gritando na escuridão, em um esguicho de lodo.

O segundo Dalek observou os restos do comparsa despencarem nas sombras. Em seguida, voltou a haste de olho para os fugitivos.

— PAREM OU SERÃO EXTERMINADOS!

Bowman, porém, já estava fugindo atrás de Koral. O Doutor corria com a chave de fenda sônica em riste na frente do corpo. A ponta brilhava em azul e a porta à frente deles se abriu, as velhas dobradiças rangendo.

Eles se jogaram por ela. O Doutor caiu no deque, rolou, levantou-se e usou a chave de fenda novamente na porta, em um só movimento. Ela se fechou pouco antes de o Dalek chegar.

— Venham! — O Doutor desceu uma escada em disparada, Koral logo atrás dele.

Bowman os seguiu, um pouco mais lento por estar carregando a rebitadeira iônica. Os músculos dos ombros e pescoço saltavam como cabos, brilhando de suor, mas os dentes estavam à mostra em um sorriso selvagem de prazer.

Desceram a escada até um terceiro nível abaixo e chegaram a um corredor largo e curvo, com diversas portas nas paredes.

O Doutor passou a correr mais devagar, examinando a área com a chave de fenda sônica.

— Não falta muito... deve ser por aqui.

Abriu uma das portas e eles passaram.

— Este silo ainda está em uso — comentou o Doutor. Pelo menos, ainda contém combustível astrônico. O sistema de controle pode ser acessado naquele painel ali.

Ele foi na frente rumo a uma ponte larga que se estendia até uma plataforma central, suspensa sob o que parecia ser um poço sem fundo. Vindo de baixo, o fedor acre do combustível astrônico se erguia em ondas nauseantes.

— Os Daleks vão nos cercar — disse Koral. — Vão transmitir nossa posição aos outros e convergir para este ponto. Vamos ficar presos.

— Sim — respondeu o Doutor. — Eu sei.

— Esqueçam isso — ordenou Bowman. — Ao trabalho.

O Doutor se ocupou dos controles, abrindo um painel de acesso e sondando os circuitos no interior.

— Os Daleks vão chegar a qualquer minuto — constatou ele rapidamente. Franziu a testa enquanto se concentrava no trabalho. — Tenho que enganar o sistema e configurar uma retroalimentação cíclica no campo de contenção do combustível. Vai demorar... ah, provavelmente muito, então eu agradeceria se vocês pudessem ganhar só um tempinho para mim...

Os Daleks estavam deixando a estação Lodestar em pedaços para encontrar o Doutor e seus amigos. O comandante vociferava ordens para os diversos grupos de busca espalhados pelo complexo de abastecimento.

O Dalek X flutuava no centro de um silo vazio. Seu olho movia-se na órbita lentamente, examinando as cercanias, analisando, calculando, tirando conclusões. Examinou a estrutura usando visões de raios X e infravermelha, mapeamento termográfico, difusão espectrônica. Comparou as informações com dados captados pelo sensor no braço de sucção. Em seguida, baixou da *Exterminadora* um diagrama completo da estação Lodestar.

Menos de um minuto depois, ele se moveu sobre o silo e examinou a porta de acesso. Havia sido trancada usando algum tipo de código de recalibração sônica. Estendeu o braço e manipulou o mecanismo da tranca, invadindo o computador simples com muitos milhões de combinações potenciais em menos de um segundo. A porta se abriu lentamente, deslizando.

O Dalek X sabia onde o Doutor estaria. Sabia o que tentaria fazer. Percebeu que ele o enganara para convencê-lo a ir até ali e que tentaria destruir não só a ele, mas também a *Exterminadora.* Era um estratagema desesperado e fadado ao fracasso.

Um ódio profundo e imperioso fervia dentro da armadura negra. O Dalek X estava determinado a deter o Doutor, destruindo-o a qualquer custo.

E faria isso sozinho.

A rampa de acesso era uma construção larga e resistente, com grades de metal cobrindo uma vala cheia de tubos e cabos. Bowman ergueu uma delas e pulou para o canal sob o piso, chamando Koral para acompanhá-lo. Juntos, encolheram-se no nicho, e Bowman puxou o painel de volta para o lugar, ficando debaixo dele.

Era apertado e desconfortável, mas podiam enxergar claramente através da grade.

— Os Daleks vão ter que vir por esta rampa — sussurrou Bowman. — Vamos ficar aqui e atacar quando o primeiro passar. Você ataca primeiro, incapacitando a criatura. Eu faço o resto.

Koral abriu a boca para fazer uma pergunta, mas uma voz metálica e estridente ecoou pelo silo:

— **DOU-TOR!** — A palavra foi cuspida no vazio, fria e objetiva.

O Doutor levantou o olhar, a chave de fenda sônica presa entre os dentes. Ergueu as sobrancelhas e acenou de leve quando viu o Dalek X se aproximar pela rampa de acesso.

— **AFASTE-SE DO SISTEMA DE CONTROLE** — ordenou o inquisidor-geral.

O Doutor tirou a chave sônica da boca.

— Desculpe, estou meio ocupado agora. Por que não volta daqui a pouco?

— **AFASTE-SE OU SERÁ EXTERMINADO!**

— Eu não abriria fogo aqui se fosse você — avisou o Doutor. — Vapor de combustível astrônico... bum!

— **AFASTE-SE!**

O Doutor deu as costas ao Dalek, operando os controles com a chave de fenda com uma pressa febril.

— Já, já falo com você — disse por sobre o ombro. — Espere só um pouquinho.

— **DOU-TOR!**

Ele soltou um suspiro alto e impaciente, virando-se.

— O que foi? Já disse que estou *ocupado*. — Balançou a chave de fenda para mostrar quão ocupado estava.

— **VOCÊ TEM TRÊS SEGUNDOS PARA AFASTAR-SE DESSES CONTROLES ANTES QUE EU O EXTERMINE!**

— Deixe de ser besta. Se me exterminar, nunca vai pegar a TARDIS.

— **ENTRAREMOS NO VÓRTICE TEMPORAL SEM ELA!**

— Duvido.

— **ENTÃO ENCONTRAREMOS UM JEITO DE ROMPER OS SISTEMAS DEFENSIVOS DA TARDIS SEM VOCÊ. OS DALEKS SÃO INVENCÍVEIS!**

Os olhos do Doutor se arregalaram.

— Quer apostar?

Um painel deslizou debaixo do Dalek X e Koral pulou na criatura, com as garras à mostra. Cravou-as no mecanismo antigravidade sob a base do Dalek, rasgando plástico e metal em um violento jorro de fagulhas. Houve um clarão de energia e o Dalek estremeceu, afundando visivelmente enquanto seu poder de levitar ia sumindo.

— **MOBILIDADE PREJUDICADA!** — guinchou ele ao cair pesadamente na passarela. A arma e o braço agitaram-se em pânico enquanto ele procurava sua agressora. — **NÃO CONSIGO ME MEXER!**

Bowman ergueu-se atrás do Dalek, segurando a rebitadeira iônica. Encostou o cano na grade no pescoço da criatura enquanto a cabeça do Dalek girava e o olho azul se fixava nele.

— **ATACANTE HUMANO!** — gritou o Dalek X, a voz agora mais aguda. A parte equivalente ao ombro começou a se virar, trazendo o cano da arma até Bowman.

O ex-militar encarou o Dalek por um longo momento, inclinando-se para que seu rosto ocupasse todo o campo de visão do olho azul da criatura. Então, muito cuidadosamente, disse uma palavra:

— *Exterminar.*

E puxou o gatilho da rebitadeira.

A arma estava em modo automático. Uma série de rebites ionizados martelou a armadura, perfurando o pescoço do Dalek.

— **ALERTA! ALERTA! INVÓLUCRO DANIFICADO!** — gritava o mutante, tremendo a cada disparo. — **CAMPOS DE FORÇA INOPERANTES!**

A grade rompida começou a expelir fumaça e chamas, e a criatura viva lá dentro subitamente emitiu um grito lancinante de agonia. Bowman mudou de posição, apontando a arma contra uma parte diferente do pescoço, e apertou o ativador. Mais rebites ionizados martelaram o Dalek, e a máquina toda pareceu tremer sob o impacto. Os gritos do Dalek X ergueram-se sobre o crepitar do fogo, e Bowman foi forçado a recuar quando a pele das mãos começou a arder.

Mas a rebitadeira estava vazia. Todos os rebites haviam se cravado no pescoço do Dalek, arrebentando os controles elétricos e fritando a criatura lá dentro. Com um rosnado de nojo, Bowman ergueu a bota e empurrou o Dalek em chamas para fora da plataforma. O inquisidor-geral emborcou e caiu, soltando fumaça e um berro horripilante até desaparecer na escuridão.

— Ex-Dalek — murmurou Bowman, jogando a arma vazia atrás do alienígena. Depois, caiu de joelhos, exausto, a perna sangrando.

Koral se aproximou e o ajudou a se levantar.

— Ainda não terminamos — avisou ela. — Venha...

— Bom trabalho — disse o Doutor quando o capitão e Koral se uniram a ele junto dos controles. — E inteligente também. A parte de baixo de um Dalek não tem proteção apropriada, por causa dos repulsores de gravidade. É só acabar com eles que você causa um curto-circuito no restante dos campos de força. Muito bem.

— Nunca pensei que seria eu a derrubar o Dalek X — grunhiu Bowman.

— Bom, agora temos a chance de derrubar a nau capitânia dele e todos os outros Daleks daqui também. Estou quase terminando. — O Doutor fez um último ajuste nos fios do painel de controle e depois fechou a tampa com um baque. Desligou a chave de fenda sônica. — Pronto.

— Isso vai bastar? — perguntou o ex-militar. — Quer dizer, a *Exterminadora* é uma nave bem grande, Doutor.

— Vai dar para ver a explosão do outro lado do sistema solar — prometeu ele. — Acredite, é mais do que suficiente. — Ele fez uma pausa. — Mas tem um problema.

Koral o olhou, reconhecendo uma nota de seriedade na voz do Doutor.

— Qual?

— A detonação só funcionará se o código de segurança falhar. Não posso fazer isso via controle remoto nem instalar um temporizador. — Ele encarou-os sombriamente. — Alguém vai ter que ficar e manter a alavanca do comando manual abaixada até o silo atingir massa crítica. — Deu um tapinha em uma alavanca de metal no painel. — É uma medida de proteção contra falhas.

— Sabíamos que seria uma missão suicida — disse Bowman.

Koral concordou.

— O que estamos esperando? Vamos fazer.

O Doutor ainda hesitava.

— Pelos meus cálculos, a TARDIS está estacionada diretamente aqui em cima... — Ele apontou para cima. — E... bom, a gente podia só correr para ela.

— Você ainda pode — respondeu Bowman. — Eu seguro a alavanca. Você pode ir com Koral.

— O quê? Não! — exclamou ela, horrorizada.

— Estou ferido mesmo — argumentou ele. — Vá com o Doutor e me deixe aqui.

— Não! — insistiu ela, aflita. — Não vou abandonar você! O Doutor pode...

— Ele já arriscou a vida por mim uma vez, Koral. E só ele sabe como pilotar a nave dele. Pelo menos assim vocês dois sobrevivem. Agora, vai lá, anda...

Koral não deu atenção ao que Bowman dizia.

— Não! Você vai! Eu fico e seguro a alavanca! Não vou deixar você morrer, Bowman. *Eu te amo!*

As últimas três palavras foram disparadas de uma vez só. Bowman ficou boquiaberto, e levou alguns instantes para voltar ao normal. O Doutor olhou desesperadamente de um para o outro.

Então Bowman segurou Koral pelos ombros e a beijou intensamente.

— Eu também te amo — rosnou ele. — É por isso que não tem discussão sobre eu ir e você ficar aqui. De que adiantaria?

— Hã, com licença... — sussurrou o Doutor.

— Não! — exclamou Koral, arfante. Ela segurou o rosto de Bowman nas mãos e o fitou com olhos suplicantes. — Não, não posso deixar você, não agora...

— O tempo está acabando... — avisou o Doutor.

Bowman enxugou uma lágrima no rosto de Koral com o polegar.

— Não chore. Você tem que ajudar o Doutor a sair... sabe como ele é fracote.

— O quê? — O alvo do comentário franziu o cenho.

— Viu, ele já está até chorando.

Koral olhou para o Doutor, e Bowman aproveitou para deslocar a mão e agarrar o pescoço e o ombro da fiel escudeira. Ele apertou ali uma junção nervosa e Koral se retesou, perdendo a consciência de repente. Ele a segurou quando ela caiu; depois, erguendo-a nos braços, estendeu o corpo frouxo para o Doutor.

— Aqui... pegue-a e vá.

— Bowman...

— Pelo menos assim ela vai sobreviver! — A voz dele estava áspera de emoção. — E você também. Agora vá!

O Doutor pegou Koral nos braços.

— Vou cuidar dela.

— É melhor cuidar mesmo.

Ouviu-se um ruído do outro lado do silo e um grupo de Daleks surgiu na porta. O Doutor se virou, hesitando por um momento. Voltou a olhar Bowman.

— Demore o máximo possível.

O ex-militar agarrou a alavanca.

— Dê o fora daqui.

O Doutor correu pela plataforma até o outro lado do silo e começou a subir a escada. Era difícil fazer isso com Koral nos braços, mas estava determinado a escapar. Devia ao menos isso a Jon Bowman. Ela estava recuperando a consciência, resmungando enquanto ele martelava os degraus de metal, ofegante.

No alto da escada, o Doutor perdeu o equilíbrio e caiu no chão. Continuou segurando Koral, mas ela subitamente percebeu o que estava acontecendo. Debateu-se enquanto se levantavam.

— Me deixe! Me deixe voltar para ele!

— Não! Koral, você tem que correr! Só temos mais uns segundos!

— Bowman! — gritou ela.

O Doutor a puxou.

— É tarde demais! O tempo acabou! Ele quer que você viva, e é o mínimo que você pode fazer!

Arrastou-a pelo corredor, mas ela lutou com ele a cada passo. Por fim, ele se virou e a segurou pelos ombros, sacudindo-a.

— Pare de lutar comigo! Pense no que Bowman iria querer! Se você voltar agora, vamos todos morrer. É o que quer? É o que acha que ele iria querer?

Ela soluçou e, depois, deixou que ele a puxasse pelo resto do caminho. O Doutor abriu a porta no fim da passagem e eles saíram para a noite de Hurala. Havia estrelas acima deles e, diretamente à frente, a TARDIS, altiva, atrevida e azul. O Doutor quase gritou de alegria e alívio.

Os Daleks avançaram sobre a plataforma. Bowman os viu chegar, um sorriso sinistro nos lábios manchados de sangue. Ainda não o haviam visto debruçado no painel de controle, uma das mãos segurando a alavanca de segurança. Luzes indicadoras nos controles piscavam de forma intermitente, iluminando-lhe o rosto espasmodicamente com um fulgor vermelho infernal.

— ALERTA! — esganiçou o primeiro Dalek. — PRISIONEIRO HUMANO IDENTIFICADO!

O Doutor e Koral correram em direção à TARDIS.

— ALTO! EXTERMINAR!

Ouviram os Daleks atrás deles. Ouviram o zumbido agudo dos raios exterminadores, e o beco cintilou com a luz. O Doutor correu em zigue-zague, empurrando Koral à sua frente. O ar se encheu de um odor forte e ardente de ozônio.

— Corra! — berrava o Doutor.

— E a chave?

— O que é que tem?

Ele ergueu a mão e a chave brilhou quando a inseriu na fechadura da TARDIS. As portas da cabine policial se abriram e ambos entraram em disparada.

Os Daleks convergiram para Bowman.

Ele ficou parado, trêmulo, mas invicto. A mão permaneceu na alavanca, pegajosa de sangue. Desafiador, sorriu para os Daleks quando eles se aproximaram.

— Até mais, trouxas.

E puxou a alavanca.

Na mesma hora, o mundo inteiro pareceu estremecer, como se um martelo gigante tivesse desferido um golpe letal dentro do planeta em si. Houve uma reverberação distante e pesada, vinda bem do fundo, e um rugido crescente quando uma reação em cadeia irrefreável se iniciou.

Os Daleks vibravam, sacudindo-se enquanto toda a estação Lodestar começava a estremecer com uma terrível finalidade. Pedaços de metal enferrujado rangeram no teto e a plataforma emitiu um estalo alto e ameaçador. Lá embaixo, uma luz verde inflamou-se de repente.

— **EMERGÊNCIA! EMERGÊNCIA!** — gritou um dos Daleks. — **RECUAR!**

Bowman apenas riu.

O Doutor correu loucamente ao redor dos painéis de controle da TARDIS. Não houve tempo para Koral fazer nenhuma pergunta, como por que havia uma câmara enorme contida em uma caixa tão pequena; ela foi forçada a ficar só olhando enquanto ele trabalhava. Agarrou-se ao corrimão, olhou ao redor, atordoada pela percepção de que tudo havia mudado em sua vida, mais do que ela jamais compreenderia.

— Acabou o tempo, acabou o tempo — resmungava o Doutor, operando febrilmente os controles. Seus dentes rangiam, seus olhos se arregalavam. O chão tremia, sacudindo o piso de metal. De repente, ele gritou:

— *Rá*! — E soltou o freio de mão.

A coluna central encheu-se de uma luz azul-turquesa, e um estranho som, semelhante a um grunhido, tomou o ambiente.

— É isso aí! — gritou o Doutor. — *Vamos!*

Os Daleks sacudiam-se e guinchavam. A luz verde forte, acompanhada de um ruído grave e trovejante, de repente cresceu em intensidade, enquanto a reação em cadeia inflamava o combustível astrônico abaixo. Uma enorme rajada de ar se ergueu das profundezas do silo, mas Bowman manteve os olhos bem abertos.

Nunca havia recuado diante de nada na vida. Queria encarar a morte nos olhos.

Mas o que viu, na verdade, foi uma caixa azul se materializando do nada bem na sua frente. Era difícil enxergar direito em meio ao clarão esmeralda da explosão iminente, mas parecia…

A porta da cabine policial se abriu e ali estava Koral, no interior, estendendo a mão para ele.

O comandante Dalek viu o que acontecia e girou a arma, mirando.

— EXTERMINAR!

Arfando, Bowman atirou-se pela porta da TARDIS, que se fechou atrás dele. O raio Dalek não atingiu nada além de ar enquanto toda a estação era instantânea e catastroficamente vaporizada.

A explosão rasgou o planeta. A estação Lodestar em si desapareceu na explosão inicial; em um momento, era uma cidade de pedra, metal e plástico; no seguinte, uma massa gasosa de átomos. A rachadura expeliu um feixe luminoso e chamejante de radiação astrônica direto na atmosfera. Fragmentos de rochas e silos profundos foram arremessados como milhares de toneladas de estilhaços, propelidos em velocidades supersônicas. Os campos de força da nau capitânia Dalek que pairava sobre a estação absorveram a primeira onda, mas não resistiram ao ataque à queima-roupa da explosão astrônica.

A *Exterminadora* recebeu o golpe à meia-nau, sendo triturada pelo impacto, inflamando-se com milhares de focos secundários de incêndio quando a fonte de energia neutrônica em seu interior se sobrecarregou. A nave estava quebrada, desentranhada, o fogo jorrando das bordas. Então o vasto disco se inclinou, lentamente de início, e mergulhou no abismo escaldante abaixo.

A queda liberou as detonações finais, que atingiram as naves de apoio em uma segunda reação em cadeia. Cada uma explodiu em um clarão de energia, estourando como flashes fotográficos enquanto a *Exterminadora* desmoronava.

As chamas astrônicas seriam vistas a sete anos-luz dali.

# Capítulo 24

Era um dia glorioso no planeta Terra. Muito acima das torres e passarelas prateadas de Londres, carros voadores e espaçonaves distantes cruzavam um céu azul límpido. O sol reluzia nos pináculos dourados de Westminster, mal visível dentro do campo de força em forma de bolha.

O Doutor estava parado junto à TARDIS, esperando Bowman e Koral. Os dois haviam passado a maior parte do dia no Quartel-General do Comando da Terra, e ele concordara em encontrá-los ali. Parte dele só queria despachá-los e partir, desmaterializar e desaparecer, para sempre e mais um pouco. Surgir em algum outro lugar, em outra era, a milhões de quilômetros e anos dali. Ver o que acontecia.

Mas algo o compelia a ficar e a acompanhar o processo até o fim. Algo no fundo de sua mente que ele não conseguia identificar. Um senso duradouro de camaradagem, talvez. Ou quem sabe o fato de que Bowman e Koral haviam perdido amigos queridos naquela aventura e o Doutor agora era seu único vínculo com eles. Lembranças e experiências em comum. Amizade.

O parque estava lotado. O sol do verão havia feito os habitantes locais saírem à rua. Algumas coisas nunca mudavam. Homens e mulheres caminhavam pelas passarelas, aquecidos e relaxados, dando uma pausa às tensões e pressões profissionais. Crianças brincavam na grama. O Doutor estava vagamente ciente das vozes agudas e animadas a gritar umas para as outras em uma batalha de mentirinha: "Exterminar! Exterminar!" e "Você está morto!", seguido do inevitável "Não estou, não. Você errou!".

Ele sorriu e abanou a cabeça, pensando que a raça humana nunca daria fim a seu caso de amor com a guerra.

— Pensei que você já tivesse ido embora — disse uma voz rouca atrás dele.

Bowman estava lá, apoiado em muletas, velho e com marcas da guerra. Koral o acompanhava, um braço enlaçado ao dele.

— Ainda não — respondeu o Doutor. — A Terra tem uma coisa que não sei explicar. Parece que simplesmente não consigo ficar longe daqui.

— Sem essa — rosnou Bowman. — Qual é o verdadeiro motivo? Não diga que não ficou tentado a decolar de uma vez com essa tal de TARDIS. Por que você ficou?

O Doutor deu de ombros.

— Sei lá. Assuntos pendentes, acho. Como foi?

— Muito bem. A frota Dalek está uma bagunça total. A perda da *Exterminadora* custou caro para eles, acabando com qualquer plano de usar tecnologia de viagem no tempo. A Equipe de Pesquisa Temporal do Dalek Supremo foi pelos ares com tudo o que havia em Hurala.

— Que bom. E a prisão?

— O Comando da Terra já está mandando uma esquadra de naves para capturar Arkheon e libertar os prisioneiros.

O Doutor observou as crianças brincarem.

— Esta vai ser uma batalha e tanto.

— É.

— Pediram que Bowman liderasse a missão — comentou Koral, e puxou-o para mais perto de si. — Mas ele recusou.

— Já estou velho demais para esse tipo de coisa. — Uma expressão levemente dolorida e pesarosa tomou o rosto do soldado. — Pelo menos é o que Koral diz. Além disso, tenho coisas melhores para fazer com meu tempo.

— Ele vai me levar para conhecer os pais dele — esclareceu Koral.

O Doutor riu.

— Seu safado!

— Tenho que começar a amarrar as pontas soltas — disse Bowman. — O Comando da Terra me concedeu perdão total. Parece que tirei o deles da reta de novo. Agora é hora de ver minha família.

— Fico feliz.

Ninguém sentiu necessidade de mencionar Stella, Scrum e Vanguarda. Cada um sabia que eles estavam nos pensamentos de todos e no silêncio por trás dos sorrisos.

— Bom, por falar em pontas soltas... — começou o Doutor — também tenho algumas para amarrar antes de levar a TARDIS de volta à linha temporal certa.

O Doutor apertou a mão de Bowman e despediu-se de Koral com um beijo. Então, com uma saudação final e irônica, virou-se e caminhou em direção à TARDIS.

Era um mundo esquecido.

Empoeirado, devastado e deixado na escuridão. Nada nem ninguém jamais ia ali.

Nas profundezas, muito abaixo da superfície de Hurala, sob a cratera vasta e negra onde antes havia a estação Lodestar, tudo agora se aquietara. A carnificina silenciara, e não havia o menor sinal de vida.

No entanto, em um ponto ainda mais profundo, nas cavernas, em uma fresta sob a ruína destroçada de um silo de combustível astrônico, havia um amontoado de detritos negros e dourados. Estava queimado, retorcido e rachado, e era tudo o que restava do Dalek X. O sistema de suporte de vida havia sido esmagado, o tanque de contenção fraturado. Cabos o ligavam à criatura viva que jazia sob as rochas, estremecendo febrilmente no escuro.

Uma luz pulsou nas sombras. O olho enevoado do Dalek se arregalou ligeiramente, incrédulo. Um chiado alto e um zunido encheram a pequena caverna quando uma velha cabine azul se materializou na penumbra.

Dela saiu o Doutor vestindo um sobretudo, a luz da câmara de comando iluminando os restos retorcidos do inquisidor-geral.

— **VOCÊ... LOCALIZOU... MEU... TRANSMISSOR** — grasnou o Dalek.

— É, foi fácil. — O Doutor sentou-se em uma pedra. — Mas não há mais ninguém ouvindo. Você está acabado. Arkheon já era. Os prisioneiros foram libertados e os Daleks lá foram todos aniquilados. Graças ao major espacial Bowman, é claro. O Comando da Terra está na ofensiva. Suas linhas estão desorganizadas. Vocês foram derrotados. — Fez uma pausa. — Só achei que gostaria de saber.

— O DALEK SUPREMO...

— Ah, ele acha que você está morto. Além disso, duvido que estaria disposto a perdoá-lo se você aparecesse na frente dele, depois de tudo isso. Para falar a verdade, você está melhor aqui.

— O LIMIAR DE ARKHEON?

— Selado. Uma das vantagens de ser um Senhor do Tempo com uma TARDIS. Às vezes é bom ser capaz de amarrar essas pontas soltas. A fissura temporal se foi. Remendei o tempo.

— MUITO... MINUCIOSO. SUA VITÓRIA É... TOTAL.

— Quase. — O Doutor apertou os lábios e franziu o cenho. — Ainda tem você, é claro. Ainda está aqui, e vivo. Você sabe mesmo aguentar firme, isso eu admito.

— A RADIAÇÃO ASTRÔNICA ME MANTERÁ VIVO...

— É, bem que eu estava sentindo um cheiro. — O Doutor torceu o nariz. — Deixa pra lá. Não vai adiantar muito para você, já que vai ficar preso aqui. Há um selo anticomunicação ao redor de Hurala, parte da quarentena radioativa. Vai levar uns cinco mil anos, pelo menos, até alguém ouvir seus pedidos de socorro. Mas receio que nem você nem suas baterias vão durar tanto assim.

— ACHAREI UM MODO. — O Dalek X o encarou. — SOBREVIVEREI! OS DALEKS SÃO INVENCÍVEIS!

O Doutor balançou a cabeça.

— Vocês nunca percebem, não é? Simplesmente não entendem. Os Daleks *sempre* perdem. Sempre. Porque nunca aprendem. Nunca aceitam a simples verdade de que todas as outras formas de vida no universo são *melhores* que vocês.

— INCORRETO! OS DALEKS SÃO OS SERES SUPREMOS!

— Não existe uma única forma de vida no universo que gostaria de se tornar um Dalek. Isso não lhe diz nada? Sério mesmo?

O Dalek X não respondeu.

O Doutor se levantou e se virou para partir.

— DOU-TOR! — guinchou o Dalek. — SEU FRACASSO EM ME DESTRUIR... PROVARÁ SER SUA RUÍNA. EU CAÇAREI VOCÊ...!

— É, aham, boa sorte. — Ele parou à porta da TARDIS, uma silhueta contra a luz dourada, o rosto pétreo. — Porque eu vou esperar.

A porta da TARDIS fechou-se atrás dele e a cabine policial esvaneceu.

E o Dalek X foi deixado ali, com o olhar fixo na escuridão.

# Agradecimentos

À minha família, primeiro e acima de tudo, sem a qual este livro não teria sido tão divertido de escrever nem valeria tanto a pena. E ao meu velho amigo Pete Stam, que nunca, jamais acredita que o livro possa ser uma porcaria, por mais que eu tente alertá-lo.

E, sem nenhuma ordem em especial, a Justin Richards, Steve Tribe, Russell T. Davies, Steven Moffat, Gary Russell e todo mundo em Cardiff, por fazerem o que fazem de forma brilhante. Obrigado por me convidarem a escrever este livro e me darem a chance de brincar com o maior brinquedo de *Doctor Who*.

E, já que estou falando dos Daleks, é certo e apropriado que eu ofereça sinceros agradecimentos a Terry Nation e Raymond P. Cusick, e a todos os outros escritores, designers, atores, artistas e técnicos que contribuíram com a mitologia Dalek ao longo dos últimos 45 anos. Um brinde a vocês.

Finalmente, a David Tennant, um Doutor *brilhante*, que viverá no coração e na mente de crianças do mundo todo pelo restante de suas vidas.

1ª EDIÇÃO [2015] 1 reimpressão

ESTA OBRA FOI COMPOSTA PELA ABREU'S SYSTEM EM ADOBE GARAMOND
E IMPRESSA EM OFSETE PELA LIS GRÁFICA SOBRE PAPEL PÓLEN SOFT DA
SUZANO PAPEL E CELULOSE PARA A EDITORA OBJETIVA EM NOVEMBRO DE 2015

FSC
www.fsc.org
MISTO
Papel produzido a partir de fontes responsáveis
FSC® C112738

A marca FSC® é a garantia de que a madeira utilizada na fabricação do papel deste livro provém de florestas que foram gerenciadas de maneira ambientalmente correta, socialmente justa e economicamente viável, além de outras fontes de origem controlada.